我們的重製人生

Remake our Life!
Let's time-travel to 10 years ago
and reenjoy creative
and sweet youthful days.

01

木
繪者 えれっ
Kionachi / Illustration E

我們的重製人生

Remake our Life!
Let's time-travel to 10 years ago
and reenjoy creative
and sweet youthful days.

回到十年前成為創作者吧！

作者：木緒なち
插畫：えれっと

【CG005】
場景：主角面前，躺著一個女孩子，
在清晨陽光照耀下顯得聖潔。
服裝：衣服半敞，胸前春光微洩。
「嗚哇啊啊啊啊啊——
喔喔喔嗚嗚喔喔喔!!」

當意識到這是
現實情況的瞬間，
我大叫出聲
並且跳了起來。

一個柔嫩而溫軟的東西，
不可思議地頂住我面朝前方的頭及肩膀，
害我不禁發出奇怪的聲音。
「啊，真的耶。
薑汁汽水和寶礦力都沒剩多少了呢，
這邊就我來補貨吧。」
「唔、唔……」
我無法好好回話。
她的**胸**部仍一再重複著從我頭部離開，
然後又接近、碰到的情況。
背部也不時被疑似她**大腿**的部位貼上。
有時伴隨著「嘿咻」的聲音，
胸部還會往前壓得更緊。
「恭也都不說話，怎麼了嗎？」

人物介紹
AKI SHINO
志野亞貴
KYOUYA HASHIBA
橋場恭也
TSURAYUKI ROKUONJI
鹿苑寺貫之

NANAKO KOGURE
小暮奈奈子
EIKO KAWASEGAWA
河瀨川英子

Chapter	Content	Page
序　章	從2016年的秋天開始	003
第一章	回到2006年春天	022
第二章	所謂大藝大這個地方	076
第三章	有個叫映像學科的地方	133
第四章	學習創作這件事	185
第五章	明白什麼叫做整合	222
尾聲一	河瀨川英子的怒氣	264
尾聲二	志野亞貴的微笑	270

我們的重製人生

Remake our Life!
Let's time-travel to 10 years ago and reenjoy creative and sweet youthful days.

回到十年前成為創作者吧！

目次

Contents

序章　從二〇一六年的秋天開始

這裡是位於埼玉縣北部的入間市，在距離車站走路五分鐘的住商混合大樓裡，我一手拿著電話筒，已經講了將近三十分鐘。

「不是的，你找我也沒用啊，我也很想知道社長在哪裡。什麼？店家啊？以前好像常去螺旋槳通商圈上的酒家，不過因為沒錢也都沒去了。老家？我想想看，好像是富山還石川的樣子，記得大概是在那一帶。」

我瞄了眼時鐘，已經下午兩點了。

「好，好，如果有打電話來我會馬上通知。我跟社長幾乎沒有什麼人情義理，都半年沒給我薪水了，我還因為沒繳房租被房東趕出公寓，三個月前就跑來事務所這邊住。是，好的，我明白了，那就先這樣。」

喀嚓地掛上電話。

「呼……」

嘆氣的同時，我朝旁邊說話。

「社長，講完電話了。」

話說完之後過幾秒，桌子底下以棉被蓋住的某個生物才慢慢開始蠕動。

「哎呀，橋場演技真是精湛啊〜！真的是太感謝、超感激！」

身形微胖的大叔鑽了出來，高舉雙手並且滿面笑容。

「聽說那個人以前是混黑道的，不但長相恐怖，眼睛也從來都沒有笑意，我實在是很怕他。之前還說如果我不還錢，就要挖掉我眼珠。」

「社長。」

我故意重重地嘆了口氣，椅子轉半圈過去與社長面對面。處理客戶抱怨延期的電話，再轉達給社長的人都是我，讓人不禁嘆氣連連。

「也該好好面對了吧？繼續這樣躲下去，根本沒半點好處。」

「我知道！橋場，我都知道！再這樣下去只能爛尾收場，也就是抱著大石頭與五千萬債務一同沉入東京灣！」

「既然知道的話……」

「但是你相信我！如果另一種路線的漫畫雜誌企劃順利的話，馬上就會有三千萬入帳的！所以在這之前，我不能被他們找到，不然整個企劃就會沒了啊！」

「是喔……」

我們這裡是一間遊戲公司，這位社長則是遊戲公司的社長。那為什麼會出現漫畫雜誌這樣的字眼？想來一定又是被誰鼓吹的吧。

「這個企劃很厲害喔！紙媒和網路媒體同時創刊，這可是史上第一遭！一部作品可以同時在手機和電腦上免費看，而且網羅的資深作家，都是作品曾登上週刊少年ＺＵＭＰ的老師！現在才預先登錄而已，就已經突破五千人了！」

雖然我沒有想看的意思，但他說話的同時逕自拿起了平板電腦秀出網站，可是那網頁怎麼看都像是十年前……不對，是以二十年前的品味製作的，不要說熟悉，根本就是已經看膩的東西，實在只能苦笑。

「社長，這是營利網站嗎？」

「營利網站？什麼是營利網站？」

我真的很想抱頭。

「有合作的出版社嗎？」

「沒有，一間都沒有。」

「有要出版單行本嗎？打算怎麼獲利？」

「只要採取付費會員制度收錢就好啦！」

沒有先告知說要收費就開放登錄，這些人知道後一定不會用，先撇開這點不談好了，或許還會因此引發爭議。沒有想過這種可能性嗎？

「太草率了，還是要參考一下現有的收益模式，找出兩全其美的方式才行……」

「這個嘛，只要有夠吸引人的作品，就有辦法解決的啊！」

「就說不行了！」

我誇張地重重拍了下桌子。

「嗚啊！拜託不要這樣，桌子不是讓你這樣拍的，使用暴力是不好的。」

「都是因為你這種不好好看清楚又沒知識，馬上就會被騙又毫無計畫的個性，那些認真的員工才通通都辭職的，不是嗎？我有說錯嗎？」

「這種傷人的話，你一定要這麼直接地講出來嗎……」

「我就是要講！我問你，原畫師在哪？編劇呢？程式設計師呢？先姑且不管這些好了，就連可以盡力幫我們控管財務，最重要的這位會計相關人員都沒有了對吧？本來員工都還在的，現在都跑光了對吧？」

「說得也是……大家都跑了……就只有橋場留下來而已。」

「我是來不及跑。」

「不要這麼說，上個月能順利發行〈小蜜臀！～漂亮女孩兒的屁屁論〉，這都是你的功勞喔！雖然還是一樣火燒屁股，但總算還是順利推出。希望你也能在接下來的新事業，充分發揮這份能力！」

「……還有很多事情得先處理。」

椅子反方向轉了半圈，我看向液晶螢幕。

收件匣裡，寄給公司的未讀信件多得像山一樣。

每一封都是作者寄來催款，或是客戶聯絡不到公司的怒罵內容。

「總之，不要再一直追逐夢想了。有想法是好事，但其實身為社長的人，是最需要看清現實的，你明白嗎？」

唉，說著我又嘆了一口氣。

「變成這樣我也不願意，不過還是會繼續跟著社長的，至少你要好好面對債務，認真製作下一部作品。」

話說到一半，我一抬起頭，這才發現原本在那裡的社長已經不見人影。

「這是……咦？社、社長!?」

環顧這一點都不大的樓層，卻沒有任何人在了。

「那個人是躲到哪裡去了啊……」

就在我轉頭張望了兩、三次之後。

「呀——！拜、拜託原諒我!!!」

沒出息到令人吃驚的尖叫聲，響徹整個大樓外。

我慌忙從座位上起身，從窗戶看向外面。

「你這混帳是躲哪裡去了！沒想到來堵堵看，還真的被我們逮到。」

兩名穿著一身黑色運動服的男子，從左右兩邊架住社長。

「不，不是這樣的，是因為我們員工哭著來哀求，我覺得他們很可憐才……」

「好好好，我知道我知道，我知道了，那你就乖乖上車吧。」

「我不要！住手！我討厭上車～～～～～～!!!」

就像被兩隻鋁棒壓著一樣，社長被丟入白色廂型車後座，碰地一聲，車門就這樣冷冷地關上。

伴隨著沉重的引擎聲響起，廂型車載著社長往西邊駛去。

即便車身已經消失，排氣臭味已經消散，寂靜籠罩四周，我仍一直望著廂型車離去的方向。

太陽開始一點一點地沒入地平線。

「……這下子，我是真的失業了啊……」

◇

橋場恭也，二十八歲。

在奈良縣西邊的地方都會區出生、長大，畢業於地方上的私立大學。以成為遊戲製造商研發人員為目標，但所有求職都鎩羽而歸，最後終於被一間汽車用品店雇用當業務，就此開始常換工作的生活。在這之後，因為無法忘懷製作遊戲的夢想，而到秋葉原的電玩店當店員，進而受到當時認識的遊戲公司社長邀請，在應該要實現夢想的二十六歲，當上成人電玩遊戲品牌的總監。

然而，我工作的公司只有社長的夢想堪稱偉大，實質內容則是空殼。

說一定會帶進公司的知名原畫師，才發電子郵件五分鐘就人家被回絕，後來我去向當店員時認識的女原畫師下跪拜託，結果也因為社長不停亂發性騷擾簡訊而半途離開。到頭來，社長誇口說有人脈關係的名作家沒回一封信就算了，對方還在社群網站上發文寫著『收到一封真他媽沒禮貌的委託信ｗｗｗｗ』。結果找不到作家，就參考社長以創作故事為名的幻想文章，動用所有工作人員來寫劇本，並在沒有先確認相關軟、硬體環境的情況下，就這樣開始正式進入製作，因此研發起來也超困難，最後只得將發行日期半年、一年地一延再延。

這就是如繪畫般的成人遊戲殘酷故事，要說這是業界常態，或許也算是吧。

「說實在，那個公司……到底是怎麼回事啊……」

員工一個、兩個慢慢消失不見的同時，我就得負責消化那些工作。像是原畫師離開了，我得想辦法臨摹出來；如果沒人可以接手上色人員的工作，我就得去著色；為了促銷商品還得自己畫店面文宣海報；或是一邊跟影片編輯軟體苦戰一邊想辦法生出ＰＶ。不管是錄音、改編劇本或是專案企劃，沒有一個環節是我沒有碰過的。

然而，最終結果就是遊戲沒能完成。社長大動作簽約的程式卻有滿滿的ＢＵＧ，到第五次修正終於可以穩定運作，但已經沒有人關注這個遊戲了。

最後我的錢包裡，也只剩下一張五千圓鈔票。

用這筆錢買了到奈良的夜班客運車票，立刻坐進車內。

我要回老家。

結果，社長就此再也沒回來。到頭來，領不到薪水也付不出房租，辦公室也被所在大樓退租，走投無路之下，我只能選擇回家。

為了道歉而連絡的幾名業界人士中，也有人向我招手。所以如果想要做下去的話，或許也還是可以繼續留在那個圈子裡。

可是，我已經完全受夠了。

竟然沒眼光到只能在那樣的社長底下工作，我對於自己的厭惡，遠大於在成人遊戲產業工作的快樂。

可能也只是累了，但我已經無力做其他打算。

「咦？有通知……？」

這時，口袋裡的智慧型手機傳來震動。

有封訊息。

是 niconico 動畫傳來的。

「啊！九點開始有遊戲製作公司的直播。」

多少跟職業性質也有關係，我有訂閱幾個成人遊戲製作公司的社群頻道。所以每次只要有新節目就會通知，這次則是身為業界大廠的得勝者軟體公司開直播。

一插上耳機沒多久，直播就開始了。

「要發表新企劃……？這間會有什麼新東西嗎？」

得勝者軟體公司是一間資本雄厚的老公司，身為超級優良的製造商，有三條穩定路線輪流製作軟體。

只不過這個穩定換來的問題，就是幾乎每次都是固定的創作者和製作陣容，也因此總是被黑粉攻擊「缺乏新鮮感」。

不過，這次發表的氣氛卻不太一樣。

「難道這次要走一條全新的路……？」

畫面上的留言透露出了慌張與不安，不要說死忠支持者了，似乎就連一般觀眾也都很驚訝。

「各位久等啦！接下來我們即將發表全新企劃！」

同時也是知名公關的滿臉鬍鬚製作人，帶著笑容一宣布，畫面隨即切換成ＰＶ。

明顯是砸下大筆預算，結合許多動畫的宣傳影片。跟我那時候勉強拼湊出的ＰＶ，簡直是無法比擬的高水準。

「噫!?」

畫面開始跑備受矚目的製作群名單時，我下意識地站了起來。

鄰近座位的乘客紛紛詫異地看著我。

但我不管，始終盯著拿在手上的手機。

畫面上出現了大大的字幕。

『角色設計：秋島志野』

『腳本：川越京一』

『主題曲：N@NA』

接著隨即出現大量的留言，幾乎滿滿蓋住那些名字。

「不會吧……真不愧是得勝者啊。」

我喃喃自語著，同時一屁股坐回椅子上。

插畫家秋島志野，是比拒絕我前公司的那些知名原畫師，段數還要更高上好幾位的超有名女性插畫家。曾擔任過電視動畫的角色設計師，前一陣子還開了首次的個展。最近出版的畫冊，更是我現在最寶貝的收藏。

輕小說作者川越京一，作品《哀虐血腥劍》不僅在這季動畫獲得最高評價，在以輕小說迷為客層的雜誌書中，也連續兩年拿下第一名的成績。最近也跨足一般文藝小說，亦深受好評。

創作歌手N@NA，因為在nico動的「試唱看看」頻道中演唱以動漫和V家歌曲的作品，而開始引爆人氣，目前已經正式進軍歌壇，連續出了好幾張暢銷歌曲。演唱會門票炙手可熱，拍賣網站上飆破十萬日圓更是常有的事情。

我也是他們的粉絲，由秋島志野擔任原畫師的遊戲，所有周邊商品通通買齊是理所當然，就連設定資料集也一字一句毫不遺漏地讀過，《哀血》從第一集開始一出新書就買，N@NA的演唱會也費盡千辛萬苦弄到票，奮力搖螢光棒到整隻手肌肉痠痛。

簡單來說，就是陣容豪華到爆炸的創作團隊。

節目上，由剛剛那個製作人鬍鬚哥出面介紹了許多令人興奮的消息，像是已決定要改編成動畫和漫畫，小說化的部分也經由川越本人確定了，待遊戲上市之後就會陸續開始進行。

後面好像還有三個人依序致詞的流程，不過到這裡我就把直播切掉了。

「唉……」

我錯愕地嘆了口氣。

剛宣布的這三位創作者，不僅是超有名的頂尖等級，他們還有一個共通點。

就是這三人其實除了同年之外，還都是畢業於同一所藝術型大學。

他們從學生時代就已經嶄露頭角了。同一學年的人除了他們之外，還有許多人才也活躍於第一線，在業界以「白金世代」之稱聞名。

「找來白金世代的頂尖陣容製作遊戲……這簡直是太夢幻了。」

想到我們的原畫師還被社長性騷擾而逃走之類的，我不禁因為檔次差太多而笑出來。

我從以前就非常喜歡遊戲。

小學、國中的時候，每天都跟朋友們沉浸在遊戲的世界裡。努力存著少少的零用錢，然後全部花在遊戲上。深受傑作感動的隔天，總是會在筆記本上寫下許多幻想主題的設定，當時也立志將來一定要進遊戲公司工作。

可是在現實面前，夢想終究是逐漸淡薄而去，從普通大學的普通學科畢業之後，我才彷彿想起來似地去參加遊戲公司的求職考試，但是通通都落榜，等回過神來，自己已經在做並不是特別想做的工作了。

所以能當上成人遊戲公司的總監，老實說我真的很開心。

雖然只是個小小的頭銜，但總算可以製作嚮往的那個遊戲了。

跟朋友借來在深夜邊哭邊玩的那個成人遊戲。為了買下喜愛的女主角的二手掛畫，花光打工薪水的那個成人遊戲。販售活動時在冰冷的雨中排隊，直到買到手的那個成人遊戲。這回終於輪到自己來做了，終於可以成為製作的那一方了。

但最後，卻只落得幫忙社長跑路的悲劇收場。

「不過，這也是……沒辦法的事。」

雖然是很淒慘的結局，但是那位社長的確也是曾對遊戲懷抱夢想的人。所以才會意氣相投，還幫忙創立品牌。正因為這樣的心情，才會就算只剩下我一人也依然留在公司，不管多辛苦都咬牙拚著讓遊戲上市。

然而，一切都已經太遲了。

「各位乘客，不久即將抵達靜岡。接著將會在休息站休息十分鐘……」

廣播在車內響起，大家窸窸窣窣地整理了一下，準備待會兒去上廁所。

現在這個時候，那個節目應該正在召開華麗的記者會吧。

日本應該有很多人正在關注三位創作者的發言，想像著完成的遊戲，一心一意期待著吧。

相較之下，準備走向休息站廁所的我，卻沒有任何一個人注意。

白金世代的那三人，還有第二個共通點。

那就是出生於一九八八年。

——他們都跟我同年。

◇

一回到老家，馬上就被叫去整理房間。

原來是嫁到東京的老妹美世子，不知什時離了婚，變成單親媽媽回到這裡，現在母子倆想住我的房間。哥哥失業，妹妹離婚，兩人的經歷只能用波瀾萬丈來形容。

不過失業的人也沒辦法說什麼，只好不情不願地開始整理。

「咦？這個，原來放在這裡啊……」

一打開原本塞在書架上的一個紙箱，往日時光頓時又在腦海裡復甦。

裡面有寫了一大堆幻想電玩遊戲設定的筆記本、認真相信每天畫就會進步而維持了五天就沒再畫的素描本、曾經沉迷的輕小說和漫畫。

可是應該存在的東西，卻唯獨有一樣沒看見。

「嗯？奇怪……放到哪裡去了？」

把紙箱裡所有東西都倒出來，還是找不到。不管是桌子裡、書架縫隙中都絲毫不見蹤影。

當我正傷腦筋的時候，手上的智慧型手機響起。

「奇怪……是電話啊。喂？」

「啊，老哥？拍謝還讓你整理房間～現在講一下話欸賽謀？」

電話那頭，是嫁到東京依然維持著關西腔的妹妹。

「可以啊，怎樣？」

「就是我在整理行李的時候啊，發現裡面有你的東西，怕你會找所以就打電話過來說一聲。」

「我的東西？是什麼？」

「合格通知。你不是一直很珍惜嗎？」

「……對，我找了好一陣子，方便的話再幫我拿過來。」

「賀啊，那就之後再拿給你囉～」

掛上電話後，直接躺到了床上。

我一直看著天花板，這個天花板從高中以來都沒變。

「為什麼那時候會去考試呢……」

以普通的成績排在普通名次的我，去參加了好幾間關西圈普通大學的入學考試。

……但同時不曉得自己發什麼神經，還去報名了完全不同領域的大學考試。

大中藝術大學映像學科，這是知名國民動畫導演的母校，也是以漫畫家前半生涯為題材的暢銷漫畫《青之炎》故事背景的舞台；世界級電玩製造商陣天堂裡，也有許多研發人員畢業於此校，我就是報考了這樣的大學。

這間有別於世間認知的大學，一般簡稱大藝，據說不僅有很多怪人，還有五分之一的學生會中途退學。剛剛那三位創作者，也是從這間學校畢業的。

考試項目包括分鏡和劇本，看著未知的試卷內容令人傷透腦筋。因為我只是報考當個紀念，所以也沒特別在意結果如何，但沒想到——

「竟然錄取了……怎麼會……」

對，我不知為何通過考試了。

那時候我當然是非常開心，但因為也考上了排名較高的第一志願，我就沒有選擇進藝大念書。

如果當時進了藝大，跟那三人成為同學的話。

「哈哈，還是會一事無成嗎？」

當然不是說到大藝就讀就一定會出名，但是這種「可能」、「說不定」的想法，對於現在生活像爛泥的我來說散發著魅力。

「……說得也是，如果有去念的話……」

我想像著跟素未謀面的那三人，一起度過學生生活的自己。

互相討論著創作內容，爭論、生氣、哭泣或是大笑。

從彼此的作品中接受刺激，自己也因而發憤創作出什麼成品來。

然後，然後。

幻想就在此打住。

「所以那又怎樣啦……！」

眼窩一熱，視線頓時模糊起來。

鼻腔深處也一口氣湧上了某種東西。

「都已經來不及了。」

所有事情都在十年前的那一天結束了。

在一切半吊子情況下追夢的結果，造成了現在的我。

也只有那無可救藥社長所設立的無可救藥遊戲公司，願意接受現在的我。真的打算拚死拚活努力的，可是卻什麼都做不到。不管是無視悲慘的條件仍願意說一起努力的原畫師，還有苦笑接受誇張排程的上色人員，我們都無法做到讓他們滿意。

以半吊子狀態問世的遊戲，就跟我的人生一樣。

「我這一輩子，到底是怎麼一回事啊……」

自嘲地笑了笑，再輕輕地閉上雙眼。

如果能回到那時候就好了。

回想起考試當時。

那時候妹妹才念國中，也因為我考大學的關係而跟著緊張激動。

每次只要合格與否的通知單寄來，守著郵筒的妹妹就會馬上拿來給我。不合格就垂肩沮喪，合格就跟我緊握雙手興奮地跳來跳去，就像是自己的考試一樣。

爬樓梯上來的聲音響起。

「嗯，不曉得回來了沒有……」

聽到這說話聲我睜開了眼睛。

就在我要伸手拿智慧型手機查看時間的瞬間。

「哥哥！」

隨著「砰！」地一聲，門打了開來。

「美世子妳幹麼啦，害我嚇……妳這是什麼打扮啊？」

今年二十四歲，育有一個小孩的我妹妹，竟然穿著水手服站在那裡。

「嗯？哪有怎樣，啊不就制服……」

妹妹回答的口氣聽起來，好像這很正常一樣。

「不是，我的意思是……妳在玩角色扮演？」

是前夫有這種嗜好嗎？但我從來都不知道有這件事。

「你在耍什麼白痴，不管了，你先看這個!!」

無視我說的話，妹妹朝我遞出了厚厚的信封。

「恭喜哥哥！你錄取了啦!!」

……………咦？

她的確是有說過，要把夾雜在行李中的合格通知拿來給我。

可是交給我有必要這麼大費周章嗎？甚至還特別變裝？

「妳剛剛在電話裡……」

我邊說邊停下找智慧型手機的動作。

智慧型手機不見了。

出現在面前的，是不曉得多少代以前款式的傳統手機。

我的腦袋開始混亂起來。

「欸？等一下，等等！」

我再次環顧房間。

床邊擺的是映像管電視機，遊戲主機是ＰＳ２。

原本已經蒐集全套的《零之使魔》只有到第七集，書架上也完全不見《學戰都市》、《我的朋友很少》等作品的蹤影。

我慌張地衝到掛在牆上的日曆前。

「……哥哥哩係安怎膩？突然說要考藝大，考上了又變得這麼奇怪，還有啊，幹麼突然變成講標準語？」

我已經聽不見美世子說的話了。

一再湧上的種種異樣感，透過最後看到的數字，向我展示了最真實的答案。

「二〇〇六……年……」

第一章　回到二〇〇六年春天

就在收到令人震驚的合格通知一個月後，我來到大阪府最南邊，南河內郡最邊緣的地方。

眼前是水泥打造的巨大建築物。

我大聲唸出寫在建築物最上面的文字。

「大中藝術大學——」

然後跟從口袋裡拿出的學生證比對了一下。

「——映像學科　橋場恭也」

沒有錯。

二〇〇六年四月，我以大藝學生的身分站在這個地方。

實在不敢置信。畢竟穿越時空這種事根本不可能發生，就算會發生好了，又為何是發生在我身上？

所以，就算讓我看到了二〇〇六年的日曆，或是傳統手機的低畫素有多讓人難以接受，甚至是妹妹不只衣服，連整個人都變回國中生好了，我依然懷疑這是個超大規模的整人遊戲。

可是，當我看到鏡子中的自己，我終於開始不得不相信。

「就連自己都變年輕了。」

總之，就是這樣。

因為某種緣故，我來到了十年前的世界。

當衝擊感逐漸平息之後，我右手拿著剛寄到的合格通知書，然後思考過一遍。

即便後來又陸續寄來了幾間大學的通知書，我仍告訴雙親「想去念藝大」。

雖然不知道為什麼，但總之人生獲得了可以重來的機會。既然這樣的話，我想選擇跟以前不同的路，我想改變些什麼。

儘管雙親一臉錯愕，不明白為何上了第一志願卻不去讀，最終還是答應我說「就照你的意思去做吧」。

接著，就是四月十一日的今天。

剛在禮堂參加完開學典禮的我，以大中藝大映像學科的一年生之姿，站在教學大樓前。

「所以是……一須賀，要在一須賀的這個紅綠燈右轉……」

盡情逛過大學校園之後，我走路尋找著不是那麼舊，但也不是特別新的一間兩層樓木造住宅。

「『北山共享住宅』……是這裡吧？」

從老家生駒到大藝所在的南河內郡，交通上稍微有點不便，跟雙親商量過後決定搬出來自己一個人住。不過，畢竟還有個妹妹，對於家境不是特別富裕的我來說，住大廈或公寓套房的負擔太大。於是，便決定去找專門租給學生的分租雅房。

「都還沒有……任何人來。」

從大學過來走個幾分鐘，就在隨意堆著紙箱的倉庫旁看到了那棟建築。在外頭稍微看了一下，沒有人在的感覺。

「您好，有人……在嗎？果然沒有。」

以事先拿到的鑰匙進到屋內，就看到除了桌椅之外什麼都沒有的共用客廳兼飯廳，還有以一扇門隔起的廚房。在那左右兩邊則是浴室和廁所，個人的房間則分別是在一樓和二樓各兩間。

聽房仲說，連同自己在內共有四人入住。而且因為通通都是一年級生，感覺心情輕鬆了一點。

簽約的時候就會決定要住哪一間了。

我的房間是在上樓後的二樓右邊。

將傍晚寄到的棉被、自己家裡用的電視，還有放衣服的三層櫃都擺好之後，總算看起來有點房間的樣子了。

等家具都定位好已經深夜時分，周遭陷入一片漆黑。

「呼——剩下的再慢慢弄就可以了吧。」

我打開半路上買的優酪乳喝著。

一個人生活容易飲食不均衡，要好好攝取乳酸菌或是納豆菌。當我準備開始租屋生活時，父親只有叮嚀這麼一件事。

因為在十年後的世界，身體曾一度失去健康，讓我願意坦率接受那樣的囉唆。

「其他人都還沒到啊……」

如果有參加開學典禮就是今天會進來，如果沒有的話，至少會在新生說明會之前，那應該就是明天會到才對。話雖如此，卻沒有任何人抵達的跡象。

「話說，我是藝大生了啊……」

沒有說話的對象，而且今天也沒什麼事情要做了。我看著從口袋拿出來放到桌面的學生證，真實感逐漸湧了上來。

我跟白金世代的那幾個人站在同一個起跑點上了。

當然，現在只是進了同一間學校而已。但這畢竟是孕育出那麼多知名創作者的學校啊。畢業的時候，或許我也已經抓住了什麼機會也說不定。

「說不定，我還能跟秋島志野、川越京一和N@NA一起弄些作品出來啊！」

我的確很好奇為何會發生穿越時空的情況。或許表面上看起來很冷靜，但其實不是，我只是怎麼想也想不通罷了。是捲進了誰的野心之中嗎？還是什麼未知的災難？當然不是那個人生已經走投無路的我，對原本的世界還有所留戀。到底應該要做什麼，只要一想這個問題就沒完沒了。

總之，現在我很開心自己還能擁有不同的未來。

「呼……好睏……」

因為參加開學典禮和搬家跑來跑去的關係，身體比想像中還要疲累。

把喝了半罐的優酪乳放在枕頭邊，我鑽入剛鋪好的棉被裡。

不知不覺中，便已進入夢鄉。

自從回到十年前之後，在要睡覺的瞬間都會頓時有點害怕。

害怕一起床，說不定會聽到壞心眼的蘿莉神在我旁邊咬耳朵說：「好囉，真是場美夢對吧！不過很抱歉！回到成人遊戲公司倒閉，變成失業人士回到老家的人生才是正確答案！回去原本的時代吧——☆」，然後回過神發現，妹妹的兒子坐在我肚子上喊著：「舅舅，跟我玩！」類似這樣的現實在等著我。一想到這些，我就有點害怕。

不過實際上，不管是白天睡覺或晚上睡覺，都沒有從二〇〇六年回到二〇一六年，漸漸地也不再抗拒睡覺這件事了。

「唔……」

因為窗簾還沒有寄到，直接承受早晨陽光的眼睛一陣疼痛。

而且今天的預定行程只有新生說明會，本來也沒必要早起……我揉著惺忪睡眼，看見眼前的光景。

「…………」

「…………………咦？」

這畫面我有看過。

在那個該死的過去裡。身為企劃者的社長，也不管那是二〇一六年上市的遊戲，都什麼時代了，還一再拿用到爛的場景套用。而眼前的光景，就像是當時製作的第五張事件CG。

【CG005】

場景：主角面前，躺著一個熟睡的女孩。在清晨陽光照耀下顯得聖潔。

服裝：衣服半敞，胸前春光微洩。

「唔哇啊啊啊啊啊～喔喔喔嗚嗚喔喔喔!!」

當意識到這是現實情況的瞬間，我大叫出聲並跳了起來。像這種時候，果然都會發出這樣的叫聲吧!?

「哈啊……?已經早上了?」

女孩子「呼啊——」地打了個可愛的哈欠，輕輕搖了搖頭，再直勾勾地往我這邊瞧過來。

「吱～～～～～!」

緊盯的眼神簡直像要鑽出孔一樣。

「那、那個……」

距離來說的話大概十五公分吧，一張女孩子的臉龐就近在眼前。

剛睡醒的眼神還有些迷濛，眼瞼略為半閉著，但即便如此眼睛也可說是大得過頭了。鼻子小巧適中，以及那微開的唇瓣。雖然比起女大學生，那稚嫩的臉龐和身材還比較像國中生，但我敢肯定地說沒有任何不滿。

「好可愛……」

我不禁輕聲喃喃說道。

頓時，她的臉往旁邊一轉。

「好渴。」

接著若無其事地拿起我喝剩的優酪乳——

「等、等一下!?」

沒讓我有阻止的時間，只見她一口氣喝進喉嚨裡。

「唔咕、唔咕，噗哈～嗯，早上果然就是要喝優酪乳咩～！」

「還『嗯』咧……」

不曉得是不是嘴巴沒閉緊，女孩子的臉上和胸前都沾到灑出來的優酪乳。

原本應該是一般向ＣＧ的，這會兒卻變成了情色場景。

同時我也注意到了女孩偉大的胸前，與她的臉蛋和嬌小身材毫不相符。等等，冷靜下來。她會在這裡就表示她才十八歲，幾乎可說是犯罪……應該不至於，因為我現在也是十八歲。

「那、那個妳是……」

「咦?啊！我還沒自我介紹捏齁！」

女孩子這時充滿活力地迅速站起身。站起來果然也還是很嬌小。

「我來自福岡最西邊的糸島……呃啊?」

就在她準備擺出什麼姿勢的時候，踩在床墊上的腳下一滑，整個身體飛了起來。

「危險！」

我立刻就伸出手……但是——

「哎呀！」

「哇啊！」

我就這樣「正面」抱住了摔過來的她。

「噢噢，二樓也有房間耶。」

「這裡就是另外兩個人的房間吧。啊，好像有人在耶？打開那邊看看喔？」

聽到房間外傳來說話聲，接著房門就被用力打開來。

「啊耶？」

「嗚哇！」

「這……」

「怎樣……」

我覺得老天爺真的很壞心，沒有任何說明就讓我回到十年前，然後又馬上把非我所願的成人遊戲場面化為現實場景。

「聽、聽我說，不是這樣的，我只是睡在這裡而已，然後早上一起床就突然看到這女孩子睡在我身邊！」

「啊就棉被還沒寄到，想說來借用一下咩。」

我緊張兮兮的樣子，女孩則悠悠哉哉地，兩人的說明顯示出相當的溫度差。

「你覺得這樣可以解釋你現在胯下有張女孩子的臉，然後你們兩人還甜蜜擁抱的情況嗎……？」

進到房裡來的兩人當中，一名辣妹模樣的女孩子，以一副看到髒東西的眼神睥睨著我們。

「而且還有白色混濁液體……以一名男性來說，你還真是厲害。」

男生那位莫名地點頭佩服著，他肯定是誤會什麼了。

「這是優酪乳啦！還有她會這樣，只是因為剛剛跌倒罷了！」

「好的好的，你們本來就只是一起睡覺而已～」

「看吧，果然誤會了！」

「你這傢伙還真有一套！」

「就說不是你們想得那樣了！」

「我們沒有想什麼啊～」

啊啊，如果是這個場景的話，不管是幾ＫＢ的版本都能賺到錢吧……

◇

在這個早晨事件過後，我總算是成功解釋了來龍去脈。

接著，還有大學的新生說明會要參加。為增進彼此情感交流，在那之前大家先各自做了自我介紹。

「我是橋場恭也，來自奈良縣。請多多指教……」

「叫你的姓好？還是要叫名？」

對面的辣妹模樣女孩直率地問道。

「啊，我想……就叫名字吧。」

「了解～那就叫你恭也。」

怎麼好像光是被叫個名字也能心跳漏拍。

畢竟是被本該小自己十歲，不久前還是高中生的女孩子這樣稱呼嘛……

（以那種店的服務來看，這可是要收不少費用的。話說回來，竟然跟女生一起分租住共享公寓，真不敢相信……！）

還以為一定是四個男生一起過著髒亂的生活，所以這組合對我來說，實在是出乎預料。而且還是兩男兩女的均衡狀態，至於是什麼均衡，就姑且先不討論了。

「像這樣子，莫名地覺得現充對吧。」

就在我脫口而出之際，兩個女孩子同時疑惑地歪起頭。

「現……充……？」

「那是什麼意思？」

「呃……啊！」

這時我才驚覺自己說錯了什麼話。

雖然記得不是很清楚，不過現充這個字眼被廣泛使用，好像是還不到十年的事情。

「這個嘛，所謂的現充就是……」

就在我慌張想說明的時候。

「現充，就是指現實生活過得充實的人對吧？」

另一位男生迅速補充說明。

「什麼啊，我都沒聽過。」

「這字眼最近在2ch之類的很常看到，就是現實生活充實人們的簡稱。不過恭也，看來你還滿愛用網路的。」

「呃、呃嗯，還好啦，差不多。」

……真是幸好，剛好是這個詞剛冒出不久的時候。

雖然這次多虧有人救援，但是看來往後要講流行語的時候，還是要小心一點比較好。

「啊，接著換我是吧，呃……」

身旁眼神凶狠的傢伙，一邊搔著頭一邊說起話來。

「我叫鹿苑寺……貫之。我的姓超～長的，所以就叫名吧，就這樣。」

鹿苑寺貫之……話說回來，這名字感覺很威。

貫之身材高挑修長，是很適合穿長袖T恤和窄管牛仔褲的男子。頭髮比我短一些，修剪得整整齊齊。

要說他是帥哥也沒問題，但就是美中不足在眼神凶狠，又加上表情冷淡這點。

「哇——！好酷，感覺是會在教科書上看到的名字。」

右邊的嬌小女孩子瞪大眼睛地說著。

「我懂妳的意思，姓氏最後如果有個寺字，感覺頓時變得有威嚴。」

對面的辣妹也做出類似的反應。

「我這姓氏沒什麼好討論的，好了，該換下一個了。」

大概是沒有覺得特別吃香吧，貫之催促著下一位自我介紹。

「嗯？喔喔，是我啊。」

辣妹趕緊坐好。

「我叫小暮奈奈子，是滋賀縣人，往後多指教囉。」

第一印象讓我還煩惱往後要怎麼跟這個人相處，沒想到自我介紹還滿一板一眼的。

淡咖啡色秀髮在腦後紮成一束，並綁上風格強烈的髮圈。五官立體，鳳眼感的眼睛略顯嚴厲，然而容貌的確可以說是個美女無疑。

「妳的姓是那個意思嗎？因為有點不良少女……噢噗喔喔！（註1）」

貫之的玩笑還沒開完，小暮的拳頭就以漂亮的角度揮上他的肚子。

「你這傢伙，沒有人在別人自我介紹完幾秒後，就拿那個人最不想被開玩笑的部分來講的啦!!」

……啊，所以果然很在意啊。

我和嬌小女孩都因為她突然的出手而一時愣住，小暮見狀慌忙解釋：

「我、我們校規很鬆，染頭髮也不會說什麼的，而且當然不是只有我特別不良，我是說真的啦。」

妳剛剛說了「只有」喔。

除了小暮以外的所有人，大概腦中都浮現出，迴盪在深夜田園風景中的喇叭聲以及嗚笛噪音吧，不過並沒有人特別說出這件事。

「總、總之請多指教了，小……」

「拜託大家，統一叫我奈奈子吧。」

就在要叫出她的姓氏時，那充滿魄力的眼神就瞪了過來。

這個瞬間，小暮這個姓已經消滅在我們之中。

1　小暮發音為「KOGURE」，字面上是帶點灰色之意，有行為舉止偏差的含意。

「好了，輪到我了咩。」

嬌小女孩子清了清喉嚨。

看她還略帶一點鄉音，想來應該是從很遠地方來的孩子吧？

「啊——在妳說名字之前，我有個問題。」

貫之突然插話進來。

「什麼咧？」

「就是……妳大學是跳級來念的嗎？真正到底是幾歲？」

一道手刀以迅雷不及掩耳的速度，劈向不正經說笑著的貫之的喉頭。

「咕喔！」

「真的有讀到高中畢業的好咩！突然說這是什麼話，這位小哥！」

嬌小女孩生氣鼓起的臉頰好像松鼠一樣。

「你看看你，惹人家生氣了吧。」

奈奈子風涼笑著。

「怎樣啦，你們看她這麼嬌小，不會多少有這種想法嗎？」

老實說，我一瞬間無法否認貫之的說法。

「好，重新打起精神……」

不久前還是貨真價實女高中生的女孩子，昂揚地挺起了胸膛說：

「我的名字叫志野亞貴，來自福岡的糸島。」

「志野亞貴……？好奇怪的名字喔。」

「會嗎？第一次聽到有人說我名字奇怪捏。」

女孩露出一臉意外的表情。

「是喔，可是不覺得志野亞貴聽起來，有點像男生的名字嗎？而且……」

正要把異樣的感覺說出口時，

「喔——我知道了，嗯，」眼前這位志野亞貴便先露出微笑。「你應該是搞錯了吧。」

「搞錯了？」

「志野是我的姓，亞貴是名，我就叫志野亞貴。」

「喔……」

所有人露出懂了的表情點點頭。

「果然會誤會捏，因為我的名字就只有短短四個音。」（註2）

會馬上察覺大家覺得奇怪的點，應該也是因為至今有出現過類似的情況吧。

「那大家都是怎麼叫妳的？」

奈奈子問道。

2　志也亞貴連名帶姓寫作「SHINOAKI」，在大阪常用在男生名「信明」、「東明」。

「這個咩，有人會叫我的名，不過最多人叫的應該是全名吧。不過反正機會難得，而且大家好像也都是叫名而已，那也叫我亞貴好了。」

「…………」

除了她之外的其他三人，互相討論似地點點頭。

「叫志野亞貴就好吧？」

「志野亞貴好了。」

「叫志野亞貴比較好」

「喂，都沒有好好聽人家講什麼捏!?」

本人怎麼爭取也沒用，叫全名這件事就這麼定了下來。

◇

「話說我們都是映像學科也太巧了吧。」

走去大學參加新生入學說明會的途中，貫之一臉不可思議地說著。

「不過多虧這樣，我們就能互通資訊了。我想大概得要先選語學的課，然後再配合看怎麼樣。」

如果讓第二次當大學生的我來說的話，這算是很幸運的事情。因為大家課程內容相同，能輕鬆交流上課內容與考試範圍，出席點名時還可互相掩護。

「嗯～你知道得還真清楚呢……話說回來，這裡真的是大阪嗎？還可以聽到牛的叫聲耶。」

「跟老家沒什麼不同捏～」

「說是大阪，也是在縣的邊境了，畢業自大藝的作家在散文裡也有寫到，這邊感覺真的很鄉下。」

「是喔，像什麼？」

「像是門口立了塊令人印象深刻的招牌，上面寫『小心蟲類！』」

「……我要不要回家算了。」

走在鄉間路上，奈奈子和貫之抱怨這、抱怨那地，志野亞貫則拿著狗尾草揮舞，還開心地用鼻子哼歌。

不過當然，向前走的三人也是期待著新生活吧。以前第一次參加開學典禮時的自己也是一樣。然而，現在的我所懷抱的期待更是多出好幾倍，也很緊張。不曉得會遇見什麼樣的同學，會有什麼樣的課業在等著我。

無論如何，就在一步步往前走的同時，目的地已經映入眼簾。

「啊，到了到了。」

看到建築物五分鐘後，人就已經來到大學門口。

「啊——對喔，考試的時候有看過卻不記得了」

站在門口，貫之有氣無力地說著。

「感覺爬完之後會超累的……」

奈奈子發出了有如從地獄深處傳來的聲音。

「就好像要到最終魔王前，都會遇到比較多的困難那樣捏……」

就連志野亞貫都覺得害怕。

簡稱「藝坡」的大中藝術大學名產聳立眼前，這是我第二次面對了。

手扶梯什麼的通通都沒有，爬上這條險峻坡路之後，就會抵達我們所要去的校舍了。

◇

「入座位置是按照學號順序。請對照門口發給各位的一覽表，坐在寫有你號碼的位置。」

映像學科的說明會，是在可以容納兩百人的大教室舉辦。

「我們的號碼是分散開來的。」

「好像是耶，看來沒有辦法坐在一起了。」

「呃，恭也是三十二，我是十五，志野亞貴是二十三……鹿苑寺是一〇二，離我們好遠——」

「欸，我說過要叫我的名吧！」

「你剛剛也叫了我的姓啊，一次還一次！」

「好了好了，你們兩個都別吵了……」

在門口吵架實在不好，總之先把他們安撫下來。

「呼啊～人超多的耶，這裡所有人都是同學嗎？」

沒錯，人數的確是比想像中來得多。差不多有一百三十人吧？

「反正沒時間了，就先坐到位置上吧。結束之後一起吃午餐？」

「可以啊，那就在門口集合？不曉得學生餐廳是不是已經可以去吃了。」

「應該可以吧？還有既然都來了，想好好逛一逛校園。」

「嗯，嘿咩～」

決定好等一下要做的事情之後，大夥兒便分別坐到了自己的位置上。

教室內的情況乍看之下跟一般普通大學相同。偏差值沒有特別高，但也沒有很低，當然也不是所有的學生都懷抱著夢想和野心，回想起彼此交會著不知該看向何處的視線。

可是，就算教室本身跟分發的手冊很像，學生們卻是全然不同。

明白地說來，環顧四周的每一個人，看起來通通都是帶有一些個人特色的模樣……不知道該說是如同自己所期待，還是什麼的。總之，即便是像奈奈子他們，都還算是比較普通的類型。

「三十三……是這裡嗎？」

「啊，嗯……嗯!?」

看到走來自己身邊的男子，我不禁發出怪聲。

「哈……太帥了，終於來到藝大了！」

這身高大概有一百九吧？一身強壯肌肉，緊貼著肌肉起伏的T恤上，以毛筆字寫著「腕力」。比起藝大，這位的模樣怎麼看都比較像是體大的學生。

「你叫什麼名字？」

「我、我嗎？我姓橋場，橋場恭也。」

「橋場啊，我叫火川元氣郎，多多指教喔」

「……元氣郎？」

「對，就是充滿元氣的那個元氣，再加上一郎、二郎的郎，元氣郎。很好笑的名字吧？所以我絕不會憂鬱或生病的，哈哈哈！」

不是只有外貌，鹿苑寺也好、志野亞貴也好，名字深具特色的人也太多了吧？

真不愧是藝大。這就是所謂的藝大嗎？這個環境容易聚集充滿個性的人，這點是無庸置疑的吧。

「橋場你是因為想拍電影才來這裡的？」

「電影？沒有啊，並不是特別因為這樣來的。」

不過仔細想想，畢竟這裡是映像學科，一般會這樣想可以說是很自然的事情。

「這樣啊，那不然是電玩嗎？還是動畫？」

「嗯，我喜歡電玩。希望哪天可以嘗試創作ＲＰＧ。」

「喔，我也喜歡電玩。像我小的時候愛快打旋風2愛得要死耶！還有超級實況野球之類的也是。」

看來很熱衷格鬥遊戲和球類遊戲，就連喜好都跟給人的印象一致。

「不過，其實我比較喜歡實際運動身體的活動。你高中的時候也有做過什麼運動嗎？」

「沒有，很少。不過我喜歡看比賽，像是棒球比賽那種的。」

「棒球啊！我也常當棒球隊的助手喔。可惜去年無法晉級甲子園……秋季大賽上，也很遺憾沒能見到傳說中的內藤勇氣！」

「內藤……喔喔，那個毛巾王子。」

「毛巾……王子……」

對方露出摸不著頭緒的表情。

……糟了！那是在二〇〇六年的夏季甲子園，因為拿毛巾擦汗才有的綽號，目前這個時間點還沒有這回事。

「啊，沒事，那是另外一位選手。內藤啊，很令人期待耶。」

「對！他一定會當職業選手的，美國大聯盟應該也進得去吧！」

「哈哈……說得也是。」

在接下來的夏季甲子園，他將和人稱阿實的北海道絕對王牌投手相互較勁，他的確會大展身手。到大學打棒球也是擔任王牌的角色，並且也會風風光光地進入職業球團……可是，另一位阿實在美國大聯盟洋基隊拿下超過十勝，相形之下內藤則是在職棒歷經一番苦戰……

「好，到時候我們在一起去看球賽吧。你應該是阪神球迷吧？還是歐力士球迷？我是福岡軟銀鷹，再過不久齊藤和巳就會變成王牌，今年很令人期待呀。」

記得齊藤和巳好像在今年嚴重受傷……

「的、的確如此。職棒每年都有吸引人的話題真不錯，像是達比修挑戰美國大聯盟，還有既是王牌投手又是四棒中心打者的二刀流……」

「二刀……流……？」

該死，這目前也還沒發生……！

「假、假如有很會投球，同時又能做好打擊的選手，那可就厲害了對吧……類似像這樣的……」

「不可能、不可能！這種像漫畫情節的事，不可能會出現在現實生活中的！」

「哈哈……說得也是。」

該怎麼說呢，想想未來還真是不得了啊。

就在我們閒聊的時候，學生們也陸續到齊了。

不曉得大家是不是因為上了藝大很興奮，總覺得氣氛相當歡樂。

接著，告知九點整的鐘聲在教室裡響起。

「接下來，大中藝術大學映像學科，二〇〇六年度迎新說明會即將開始。首先，有請學科長佐佐井老師上台致詞。」

原本坐在一旁的矮小老人站到了講臺上。

簡介手冊上也有出現這個人，記得應該是廣告業界的大咖人物。

「歡迎各位來到映像學科。那麼，關於本學科呢……」

學科長開始娓娓介紹起大藝映像學科。

像是原本是以東藝電影公司的導演為中心所設立的學科，因此現在也主要以電影製作為教育主軸，一年級、二年級幾乎都是團體作業等等之類的說明。

反正大致上的內容都跟簡介手冊裡提到的差不多。

「電影製作啊，不曉得要做些什麼。」

身旁的火川不解地歪著頭。

我同樣也是滿滿的疑惑浮上心頭。

「那麼接下來，就請負責術科的加納副教授來跟各位說說話。」

看來莫名年輕的套裝女老師站到了講臺上，接棒佐佐井老師。

在麥克風前站定位的瞬間，加納老師露出微微一笑。

「恭喜各位新生來到這裡～！我是加納，負責各位的電影製作實作課程。接下來四年還請多多指教。

加納老師以彷彿最後還加個愛心符號般的平易近人語氣，開始了她的致詞。

她的聲音之甜美，就像是介紹全新動畫作品的年輕聲優一樣。

（這名老師是怎麼回事……）

「那個，我們現在開始進行調查。可以請各位舉手作答嗎？」

突然間就作起了問卷調查。

整個空間頓時開始變得莫名自由。

「你們當中有沒有想成為電影導演的人？」

還滿多人舉手的。

「好，接下來是有沒有人想當編劇？」

這也有一定的人數。

「那動畫創作者呢？」

舉手的人數跟第一題差不多。

接著又陸陸續續提到許多職業，像是遊戲設計師或行銷企劃、ＣＧ藝術家等等。

所有人一邊低聲交談，一邊恣意說著未來的理想職業。

原來如此，對於茫然思考的未來圖像，老師向我們舉出了具體實例，讓我們了解原來還有那樣的職業，讓大家稍微畫了一下美好的藍圖。

（啊啊，像這樣的情況，就如同我心裡所想像的藝大一樣……）

連我自己的思緒，也開始馳騁在從事製作電玩遊戲的想像裡。

「嗯──很好很好很好……」

老師微笑看著大家，卻突然間用力瞪大眼睛。

「好了，現在大家注意聽我說!!」

語調突然拉高的聲音怒吼著。

「驚！」

「咦？怎、怎麼了……？」

學生們大概是嚇到了，也發出短促的驚叫。

和樂的氣氛頓時一變，現場寂靜無聲。

猶如舔舐大家反應般地看了一會兒後，老師靜靜地從架上拿下麥克風說道：

「很好，各位都聽清楚囉？去年映像學科的畢業生有一百三十五人。」

跟今年入學的人數差不多。

「在這些畢業生當中，你們覺得有多少人，是從事他們當初入學時說想做的工作……？」

大家面面相覷。

「好，那個金髮的妳說！」

「咦？咦咦？我嗎!?」

奈奈子突然被用力一指。

「大概……四十人？」

「錯——————!!答錯了！！！！」

老師略為搶快地宣布著失敗。

「四十人啊……嗯嗯，如果有這麼多人的話就太美好了～嗯嗯。」

刻意顯露悲傷表情的同時，又頻頻地點著頭。

「正確答案是……八人。從事動畫監製有兩人，編劇兩人，三個人去了有名的電玩公司。而當上導演的就只有……一人。」

會場內一陣譁然。

這樣的數字明顯太少了。真、真的是這樣嗎？

「來說說錢的部分吧。」

老師的聲調又更低沉，表情也一口氣轉為嚴肅。

「人類會肚子餓，會想睡覺，會想去廁所。既然要維持社會生活，就還得穿衣服，為了遮風避雨也會想要有個家。」

老師將外套脫掉，掛在麥克風架上。

「食、衣、住，正因為這些都是人類所需，所以無疑都要花錢去買。但是電影、動畫和電玩遊戲……這些呢？就算沒有也不影響吧？」

她坐在通往講臺的階梯上，然後雙腿交叉。由於裙子還滿短的，儘管這種時間點不太合宜，但實在讓人不由地小鹿亂撞。

「所謂娛樂，是在許多條件都滿足了之後，才開始會有需求的。簡單來講的話，就是排在較低順位的東西。浪費時間，你們還為了做這種東西特地來讀大學，這已經超過異想天開的程度，根本是白痴啊。」

教室內出現一些竊竊私語的聲音。

「接下來，你們將用四年的時間學這些蠢事。不過就算學了，也不會特別獲得什麼執照，也不會有什麼保證。就像我剛剛說的，也沒有辦法保證就業……」

說完這些話，老師淡淡一笑。

「不過……」

「就算白痴好了，做得好終究會變成商品。如果夠獨特，那就有其價值。以那樣的東西為目標吧，反正既然要當白痴的話，那就要當沒人到得了的領域的白痴。」

「……如果可以做到那種程度，你們說不定也變成天才，畢竟事情都是一線之隔。這裡面有多少人可以變成那樣……我非常期待。」

「我就講到這裡。」

教室內仍舊是一片靜悄悄。彷彿什麼事情都沒發生過一般，負責司會的男性站到講臺上，開始公式化地說明。

「接下來將針對上課方式做解說。請翻開選課單和學生手冊——」

◇

一邊聆聽接著講解的選課說明，我的腦海中一邊回想著剛才老師說的話。

（是我太天真了嗎……）

仔細想想，這個業界總之就是一道窄門。其實沒有幾個人可以聲名大噪變成名人，這件事跟電影、動畫或是電玩一點關聯都沒有。即便這一屆被捧為白金世代，卻也不是每個同年齡的人都可以大放異彩。而這一點，已經由原本在未來的我做了最好的證明，不是嗎？

就如同老師所說，娛樂如果沒有需求的話就毫無價值，人們會以衣食住為優先。既然都來到這裡學習這些事情了，就得要學到能力，打造出比衣食住更有魅力的東西才行。

（要好好努力才……行……）

一開始就沮喪的話，什麼事情都開始不了。總之，得往前邁進才行。

說明會繼續進行下一個部分，老爺爺佐佐井學科長再次站上講臺。

「呃——接下來，我想請每個人來自我介紹。就從學號一號開始……我想想看，就說些跟映像學科有關的內容，像是講自己喜歡的電影導演好嗎？」

聽到佐佐井學科長的話，學生們騷動了起來。

（什麼，電影導演啊……）

聽他這樣說，我實在很傷腦筋。

電影本身我是會看，畢竟也多少跟工作有關。

但是對於導演的名字，老實說並沒有記得幾個。

「好的，那就麻煩學號一號的赤城同學先來。」

就在我陷入焦慮的時候，自我介紹開始了。

「我是一號，赤城裕太。欣賞的導演是馬丁史柯西斯。」

「啊，我也喜歡這導演」、「史柯西斯喔，感覺聊得來」，同學間發出這樣的應和。

（誰啊……）

然而，我已經滿腦子問號。

「我是二號，井川早苗。很喜歡小津安二郎導演的作品。」

「五號宇田浩一郎。導演的話……山姆畢京柏和柯恩兄弟。」

「九號，小野隆。我相當推崇木下惠介導演的作品。」

（呃？這些到底是誰……不管是日本人或外國人我沒一個認識的。）

我深切地後悔著，開學前至少也該要要查查維基百科，看一下電影導演的名字的。呃……對，這時代查維基百科應該算是滿普遍的事情了。

就在我搜尋記憶，看看有沒有記得什麼人的名字時，

「十號，河瀨川英子。」

一道俐落的好聽聲音，從我眼前的位置響起。

我不禁抬起頭。

姓河瀨川的女孩子，是有著一頭長卷髮的美女。姣好的五官配上冷淡……應該說是銳利的視線。

不過，她介紹完自己的名字之後就沒講話了。

（奇怪？難道這孩子也不太知道電影導演嗎？）

雖然這樣講很沒出息，但如果是這樣的話，我就多了些同伴了。

但沒想到——

「我喜歡的導演……因為太多了，沒辦法只舉出一、兩位。」

她先做了這樣的開場白。

「如果是以前的日本電影，我很崇拜岡本喜八導演充滿節奏感的呈現，八零年代以後的話，石井聰亙導演的疾速奔馳感也讓我相當感動。但如果要說到近代，我覺得還是內田賢治導演那經過精密計算的作品最棒了。至於西方電影……」

「好了，我已經知道妳很清楚，到這邊就可以了。不然其他人會很可憐喔？」

接著開始講我依然沒聽過的導演，還列舉出他們的特色。

加納老師插話進來打斷。

「……好的，不好意思。」

感覺好像還聽到微微咂嘴的聲音，不過河瀨川仍是就此打住。

（……所以她剛剛一時的沉默是因為這樣啊！）

覺得自己因為抱著壞心眼的期待，所以被狠狠地擺了一道。

「哇，那個人懂很多耶。」

隔壁的元氣郎也打從心底佩服。

另外還有好幾道尊敬的目光，從其他位置朝她投射過來。

「十五號，小暮奈奈子……導演的話，喜歡宮崎駿導演，就這樣！」

（啊，可惡！被說走了！）

剩下沒幾個的名單裡，動畫巨擘就這樣被奈奈子搶先說走了。

（算了，沒關係，既然這樣就說押井守……）

我虔誠祈禱著，希望不要失去另一位庫存名單。

「我是二十三號，志野亞貴～」

莫名柔軟的聲音迴盪場內。

「導演、導演，我想——呃——」

志野亞貴左右歪著頭，臉上明顯寫著「沒有」的表情。

（啊，這傢伙應該真的就是不知道。）

跟剛剛河瀨川那種「準備」式的沉默不同，她真的就是一副不知道的模樣。

（志野亞貴，妳就不要再掙扎了，老實說「不知道」吧……）

「那個——我喜歡王貞治總教練，軟銀鷹的那個。」（註3）

志野亞貴一說完，在場所有學生全都假裝滑了一跤。仔細一看，就連老師當中也

3　由於導演和總教練在日文中都寫作「監督」，志野亞貴誤以為兩者是一樣的。

有幾個人歪了一下。如此配合的反應，讓人有種果然身處關西的感覺。

「奇怪？這兩個是不一樣的嗎？」

志野亞貴一邊納悶著一邊坐下。

在瞬間的靜默之後，下一位學生彷彿什麼都沒發生過似地，繼續做自我介紹，回到原本的流程。

然而，會場內剛剛都還充滿對河瀨川的尊敬，卻在志野亞貴的發言之後倏然一變，轉為「來了個不得了的人」如此的好奇心。

「……那個人是怎麼回事，明明是來讀映像學科的。真誇張……」

坐在前面的河瀨川英子碎碎唸著。

看來這一屆，會是相當混沌雜亂的聚合體了。

◇

「好了，那就來慶祝我們同居生活開始……」

奈奈子高高舉起裝有可樂的杯子

「乾杯！」

「乾杯——」

「乾杯！」

其他三人也同樣跟著舉杯。

「噢！」

在新生活說明會結束後，大夥兒想說機會難得就乾脆一起喝一杯。

「大學生乾杯的話，不是應該要解除禁酒令嗎？」

貫之一邊搖著裝了汽水的杯子，一邊看向奈奈子。

「你這個未成年在說什麼，至少在這個家裡，大家未滿二十歲之前都不能碰酒！」

「要是在 mixi 上引來網友批評，那是很可怕的！」

奈奈子與志野亞貴看著彼此點點頭。奈奈子明明外表看起來是那副模樣，可是個性卻意外地一板一眼，是個好孩子呢。

「還真古板，算了，反正我也不能喝酒，喝什麼我都沒差就是了。」

貫之無所謂似地仰頭喝下汽水。

「恭也，你幹麼表情這麼嚴肅啊？」

「啊，沒有啦……」

我表情看起來有那麼凝重嗎？

「只是在想說，今天說明會講的事情還滿嚴厲的。」

再加上本來處於正興奮的落差感，還有老師的表現也令人感到震撼，整場內容紮紮實實地刻畫在心上。

想必就連貫之或是其他人，無疑也都多少受到了衝擊吧。

「是啊，當下的確想說怎麼突然就發狠了起來。」

貫之一邊喀嚓喀嚓地咬碎柿之種花生米果吃著，一邊說道：

「你接下來還有四年的大學生活要過，目前先當個輕鬆的大學生也沒關係吧？好不容易才獲得暫緩出社會的時間。」

「這樣說也是沒錯……」

是啊，之前念私大的時候，前兩年也是玩得很盡興，就算換成是藝大，應該也沒有多大的不同才對。

「謝啦，感覺心情比較輕鬆了。」

「真的嗎？太好了。那我想問你一個問題。」

「問題？」

貫之將嘴巴湊近我的耳邊問道：

「你要哪一邊？」

「什麼哪一邊？」

「我意思是志野亞貴跟奈奈子，你想要哪一個啦。」

貫之突然開啟出乎意料的話題。

「嗚啊!?」

「總之呢，看今天早上的情況，我想你應該是選志野亞貴，不過既然你說那是誤會，那麼奈奈子也有可能是你的菜。這件事，我想先弄清楚。」

「……………」

我看著坐在前面的兩人。

「志野亞貴啊，妳犯那是什麼錯誤，老師是在問喜歡的導演，妳怎麼會回答王貞治呢？真不敢相信。」

「我就對導演什麼的沒興趣咩，所以根本不曉得——奈奈子妳知道喔？」

「唔……不，並沒有，我也完全不認識……就是這樣。」

兩個女孩子融洽地邊笑邊說。

再次細看，兩人都非常可愛。目前也沒有特別覺得個性上有哪裡不好。

（啊，對喔。原來是這樣，這也是理所當然的。）

先前在大學時，我跟戀愛沾不上邊。後來也都沒機會交到女朋友，後來也就不再想了。就算眼前有可愛的女孩子，也絲毫沒有會跟自己有所關聯的真實感。

「怎麼了？你們幹麼不說話地看著我們？」

「沒、沒事。」

我慌忙別開視線。

「怎麼樣？就你的感覺來說，你喜歡哪一個？」

「今天才見到面，想回答也沒辦法啦。」

……話雖如此。

畢竟是才剛做自我介紹的人，要問我喜歡哪一型，老實說還真講不出來。而且，其實根本是二十八歲的大叔跟十八歲的女孩子啊。

「什麼啊，原來是這樣，我還以為你已經確定目標了。」

然而不可思議的是，貫之很乾脆地就結束了話題

「不然，貫之對哪個有意思？」

「我？沒有，沒特別對誰有意思。」

縱然想要用同樣問題回敬對方，卻僅得到只能說掃興的冷淡回答。

「原因跟我一樣嗎？」

「嗯……怎麼說，還不太了解她們這點當然也是有，但最主要是因為我對戀愛沒有興趣。」

「嗯？」

大學一年級說這種話，未免也乾枯過頭了吧？

「你為什麼……」

不曉得貫之是不是因為已經達成目的了，只見他若無其事地打開眼前的袋裝餅

乾，猛地開始大快朵頤起來，像是要打斷我的問話似地。

「總之，這樣一來我就知道不用特別小心，這樣放心多了。」

（大概遭遇過什麼事情，畢竟貫之人又長得帥。）

可能是不想被問到這種事，那我還是別多管。

「啊——！貫之幹麼想吃掉我的花生米果咧！」

「什麼？這是志野亞貴妳的嗎？誰說的啊！」

「我說你啊，小包裝都是一人分配一袋，這是常識不用說也知道吧！恭也你也曉得吧？」

「咦？啊，嗯，我剛有想說是不是這樣。」

「恭也你這混蛋！背叛個屁啊！這時候就應該站在男生這邊啊！」

就算意識到對方是女生，也絲毫不手軟，儘管這份囂鬧不到一分鐘。然而遭受池魚之殃的同時，我沉浸在些許的感慨之中。

啊啊，當大學生真好……

◇

共享住宅的生活就這樣揭開序幕。

首先是了解所有人的意願，決定好打掃和煮飯的值日生……進行到這裡之前都沒什麼特別的問題。

「啊——!!」

開始生活的第三天。

第一條麻煩的導火線，由志野亞貴點燃。

「怎麼了?志野亞貴，叫這麼大聲?」

仔細一看，志野亞貴淚眼汪汪地攤坐在煮飯的地方，一個寫有「志野亞貴專用」的紙箱前。

「我、我的『金賀呷』……被吃掉囉啦……」

「『金賀呷』是什麼?」

接著聽到後面傳來一道愉快的聲音，回答了我的問題。

「那個啊，就是只有北九州才有賣，很有名的超好吃豚骨湯頭泡麵……咳噗!」

就連表情也異常地滿足。為什麼他會有這樣的反應，原因隨即揭曉。

「貫之，你擅自吃了我的『金賀呷』對唄!」

「因為我沒有東西可以吃啊，而且我也另外放了『揪愛呷』進去不是嗎?」

「那個是醬油口味滴啊，根本不一樣咩!」

「又沒關係!那也是巴魯斯食品的傑作耶!」

「有關係！貫之你根本不知道，『金賀呷』對九州人來說有多重要捏！」

看來是貫之隨便吃掉了志野亞貴從老家帶來的食物，而且還是很寶貝的東西。

「還給我！」

「哪有可能啊！」

就算繼續爭吵下去，感覺也沒有解決的可能。畢竟又不可能從嘴裡再吐出來，然後這地區又沒有在賣的話……

「我說你們兩個。」

就在我不得不插嘴阻止的瞬間，隔起客廳與浴室的那扇拉門，喀拉喀拉地打開了。

「我已經聽說整件事情了！」

是剛剛去洗澡的奈奈子。

有如一尊大佛屹立該處，一出浴就隨即對貫之開砲。

「快點道歉，貫之！隨便吃別人的食物，是共同生活絕不能做的事！這是犯罪喔！」

「啊……唔哇……」

可是我們現在實在沒那個心情討論，因為眼前奈奈子的模樣令我們更在意。

大概是因為慌慌張張就衝出來，奈奈子的上半身就只穿了胸罩而已。

（好……好大……）

看見那對大到簡直像犯罪的胸部，我連聲音都發不出來。

她的身材之好，甚至要讓人嘲笑起那些寫真女星。而且穿起衣服時那樣纖細的身材，卻有著讓人出乎意料的雄偉。

「那個，奈奈子……妳可以發火，但是要不要先看一下自己的胸前？」

同樣處於失神狀態的貫之，回過神後說道。

「啊？你說我胸前怎麼樣……」

奈奈子一聽更生氣，但是。

「咦！……奇、怪……？」

總算察覺了，她的上半身這會兒明顯變得通紅。

「呀啊啊啊啊啊！！！！」

然後，瞬間就逃離現場。

「為、為什麼！我明明穿著T恤才對啊——被看到了啊啊啊，好想死——！」

更衣處隨即傳來悲痛的聲音。她說的T恤，是掉在更衣處入口的那件吧。

「……總之就是這樣，『揪愛呷』也很好吃的喔？」

「這才不算數咧！下次你再吃的話，一碗要收你一千日圓喔！」

這起事件就這樣呈現微妙的未解決狀態，於是我們也就制定了「不可以沒問過就吃掉別人買來的食物」、「非常寶貝的東西要用簽字筆寫上名字」的新規定。

共同生活的麻煩事還不只這一樁。

「昨天真是有夠累的……」

志野亞貴和貫之（還有莫名捲入其中的奈奈子）的食物騷動隔天，我從大學回來之後，想說要來好好泡個澡。

準備好熱水後先待在客廳消磨一下時間，看準適當時機後，光溜溜地用力打開浴室的門。

「啊！」

「噎！」

我大概花了三秒鐘。

才搞清楚已經在水裡的桃紅色物體是什麼。

「嗚哇啊啊啊啊啊啊啊啊啊啊啊!!!」

想當然，我又拿出比剛剛更加強勁的力道關上門，迅速穿好衣服。

對於我的慌張完全不當一回事，浴室裡面傳來志野亞貴悠哉的聲音。

「啊哈哈，我就想說很奇怪捏～才想要來泡澡，浴池就已經放滿水，我就覺得好幸運，原來是恭也同學放的水咩。」

「啊、啊哈哈，是、是啊。」

「恭也同學對不起，我一時糊塗就進來泡了。」

「不會，沒關係，我沒有看到什麼比較要緊，妳可以放心！」

我撒了謊，其實看得還滿清楚的。

像是個子嬌小卻有著豐滿的胸部，還有大腿到屁股的線條，另外像是那個不該看的地方有顆痣等等，實在是看到太多不該看的，簡直到了不妙的地步。

可是……

「咦？啊啊～沒關係啦，你馬上就把門關起來了咩，沒問題的啦～」

看來志野亞貴爽快地原諒了我。

（唉……話說回來，不管是上次的奈奈子也好，還是志野亞貴也好……）

本來也覺得一起生活的話，是有可能當個不小心吃到冰淇淋的幸運色狼，但沒想到竟然這麼快就成真。

可是，嗯，果然年輕真好。十幾歲的孩子，皮膚的彈性是如此地……

「不，先不說這個了……」

對現在的我來說，眼前比較要緊的是得先處理另外一個威脅。

「……應該有很多需要跟我解釋的吧？」

眼前有另一名女孩子，帶著熊熊怒火站在那裡。

「……一般來說，起碼在還沒打開浴室門之前，就會知道有人在裡面吧？你是故意的吧!?」

「不、不是的，我剛在放空根本沒注意到！真的！痛、好痛！可是……好軟喔……」

被勒頭鎖喉當然是很痛，但如果是奈奈子動手的話就不只痛了，我的臉緊緊地貼在她的胸前，整個人已經陷入不知道該反省還是該興奮的狀態了。

這個男女混居的共享住宅生活，對男性來說充滿了致命的誘惑。

我再次感慨。

啊啊，當大學生真好……

◇

大概過了一個禮拜左右，每個人拿手的事情也大致定下來了……應該是說，開始清楚知道其他三人的家事能力有多低劣。

到頭來，像煮飯和打掃之類的我都全扛，貫之則是負責勞力活和丟垃圾，奈奈子則跟我輪值煮飯（她煮的飯勉強還能吃），而志野亞貴的話……因為沒有特別擅長的項目，所以就當大家的幫手。

接著這天，猜拳輸了的兩名男性，在大家一起吃完晚餐後負責收拾。

「貫之，你對猜拳很不在行耶。」

「你少在那邊，自己也輸了還敢說？」

我在三次決勝負的猜拳中，漂亮地以直落三慘敗，所以跟貫之在這邊爭也沒用。

「這個是志野亞貴的吧？」

擦著桌子的貫之，拿起遺留在桌上的橘色小袋子。

「啊，我想應該是，記得好像有看過。」

我一回答，只見貫之把小袋子輕輕地拋了過來。

「反正你們都住二樓，你拿去給她吧。」

「啊，嗯。」

樓梯爬到一半，我回想起貫之在入住那天晚上所說的話。

「不過，志野亞貴還滿可愛的啊。」

不是只有長相和個性，還有像是明明來念映像學科，卻不太知道映像方面的事情，或者是幾乎可說是生活白痴，以及有點異於常人等等……甚至莫名脫線之類的。

奈奈子當然也是個好女孩，但是當她男朋友應該很辛苦吧，因為一下子就會挨揍。

如果是志野亞貴的話，會讓人湧上保護慾。看她那個樣子，會不禁把她當作是需要保護的對象。不過基本上，她本來就是小我十歲的女孩子。

更遑論這座大學裡還有像那種嚴厲的女老師存在，就像是玩生存遊戲的地方。

「喂，志野亞貴妳在裡面嗎？」

敲了敲門，卻沒有得到回應。

不過豎耳仔細聽的話，隱約可以聽到房間內傳來一些聲音。

可能是戴著耳罩式耳機或入耳式耳機在聽音樂吧。

「人在房間裡嗎……？」

我靜靜地打開門，走入房間裡。

「志野亞貴，妳忘了這——」

活在世上，很少有說不出話來的時候。

就如同字面所述，因為沒有那麼多事物會讓人瞠目結舌。

遇上這類的事物，大概會說嚇一跳或者發出嗚哇這樣的叫聲，也可能是好厲害、太帥了等等的讚嘆詞，基本上都是適用的。

所以，我等一下會客觀地「描述」，那當下讓我說不出話來的事情。

「志野……亞貴……？」

成山的大本書籍占滿房間，油畫水彩皆有的畫布和圖畫紙、素描本形成了一座森林。畫具堆成一片幾乎連站的地方都沒有的草原。裡頭全被跟「繪畫」有關的所有東西占據了。

房間裡，只有繪圖板的筆尖發出的沙沙聲迴盪著。持筆者渾身散發著熱氣。繪圖筆敲得用力、敲得沉重。原本嬌小的持筆者，背後明顯飄出異樣的氣息。

電燈沒有開，但房間裡是有照明的。那是來自電腦螢幕的光。二十吋的液晶螢幕上有一幅畫作正在進行，色彩如跳動般飛舞著。

那是一張關於少女的圖像。

在整片的向日葵田中，有一名微笑的少女。

少女帶著略顯苦惱的表情，以雙手按住快被風吹走的草帽。連身洋裝的裙襬稍稍飛起，沒晒到太陽的大腿顯得白皙，美得彷彿發光似地——就是這樣的一幅畫。

我靜靜地把小袋子放下後，不出一點聲音地關上門，離開到房間外。

帶著踉蹌的腳步，打開自己近在眼前的房門，癱倒似地跌進到裡頭。

我躺在昨天鋪了之後就沒收的棉被上。

「哈哈……哈哈！」

笑聲自然地從喉嚨溢出。

不管是她有在畫畫這件事，或是傾注了多少的心力，我通通都不知道。唯獨親眼看見那驚人的態勢，讓我嚇一跳是真的。被那無法想像是跟我同年齡的氣勢所震撼，我什麼話都說不出來了。

可是讓我為之語塞的理由，卻有另一個更主要的原因。

「太酷了……竟然就在我身邊……」

橋場恭也有一本比任何東西都寶貝的畫冊。

那本名為〈向陽花〉的畫冊，收錄了該位畫家一路以來的許多插畫作品。而該畫冊的封面，則是十年前的學生時代畫的作品。應該不可能看錯，就是幾分鐘前自己才剛在電腦螢幕上看到的，站在向日葵花田中的少女那幅。

一直以來，自己不是都惦記著讀同一間大學這件事嗎？那麼即使就出現在身邊了，應該絲毫不意外才對。儘管如此還是會覺得對方是離自己相當遙遠的存在。

但是，朝思暮想的人似乎就在比我想像還要近，幾乎可以聽見呼吸聲的地方了。

——秋島志野。Akishima Shino

我直到現在才察覺，那個名字就是改自志野亞貴這個本名而來的。

第二章　所謂大藝大這個地方

共享住宅的生活終於逐漸穩定下來，大家也開始上課，就在生活週期規律起來的兩個禮拜後。

上學愉快，同居生活也很熱鬧，雖然沒有什麼不滿，但唯獨有件事情怎麼樣都想找方法解決。

那就是錢不夠用。

雖然出社會十年仍稱不上富裕，但還是跟作為學生的現在不同等級。雖然老家會給生活費，可是光靠這筆錢並無法自由自在地過，所以我決定要去打工。

話是這麼說，但我不想做太困難的工作。打定主意去附近的便利商店後聯絡對方，然後就帶著履歷前往——

「歡迎光臨——！」

縱然已經是深夜時分，仍對上門的我微笑打招呼的這名店員，那張臉孔我非常熟悉。

「呃！你、你為什麼會來這裡？」

營業用微笑頓時變成錯愕的表情。

「奈奈子才為什麼穿著制服……？」

這間連鎖超商朵森，店鋪大多是在西日本。

大藝周邊也開了不少間，不少學生要打工也會選擇去朵森應徵。

「哈哈……沒想到房子已經租一起，就連打工也一起……」

奈奈子莫名有感觸地喃喃自語著。

「咦？所以奈奈子妳也是在這裡工作？」

「就是你看到的這樣啊，到今天剛好做一個禮拜了吧。」

其實也才剛搬來沒多久，應該說手腳還挺快的嘛，真的是很有行動力的傢伙……

「……雖然現在說這個不適合，但你聽我說。」

「什、什麼事？」

「這裡的老闆叫前田五十一。你打過電話應該知道。」

「應該知道，就是那位老爺爺吧。」

「對，他今年七十八歲。說是因為父親生他的時候已經五十一歲，所以就取名為五十一。」

「這樣啊……」

「這種事無關緊要啦！」

奈奈子自己說的話自己吐槽。

「本來今天排我和老闆兩個人上班，但是就像你看到的，現在只有我一個人在忙。」

「該不會是……年紀大了身體不好之類的原因？」

在我話還沒說完前，奈奈子就用力地拍我的肩膀說道：

「既然你的觀察能力這麼好，來穿上休息室裡的制服，再過來這邊找我！完畢！」

「好啦，我知道了，你不要拉我衣服，奈奈子！」

我就這樣被強行帶到員工休息室了。

◇

不同於日光燈照得明亮的店面，休息室有些昏暗、寂靜。隨意找了張摺疊椅坐下，就見奈奈子從後頭走出，手突然伸了過來。

「來，給你，店長給的。」

「啊，謝謝……」

拉開遞過來的罐裝咖啡拉環，稍微喝了一口。

在因四處奔波而疲憊的身體中，甜甜的滋味漾了開來。

「老闆還好嗎？」

「應該還好。都有支援來了，我想沒問題吧。總之我叫他先休息三十分鐘。」

結果後來，變成只有我跟奈奈子兩個人處理深夜的店務。

儘管是客人比較少的分店，但一進來就馬上被交付陌生的工作，身體還是挺有負擔的。

幸好店長回到工作崗位，一名叫櫻井的資深店員也趕緊前來，我們終於得以休息。

「啊──不過真是幫了大忙，謝謝啊。」

「不，別這麼說。雖然有點辛苦，但也因此能記住工作內容。」

在之前的學生時代，說打工也只是去小鋼珠店，這次來超商可算是真正的初體驗。

畢竟也還不可能站櫃檯收銀，所以就都讓我負責商品的陳列。

「奈奈子，妳以前有在超商打工過？」

工作的時候，奈奈子展現出靈巧的機動性，讓人想不到她才來一個禮拜。

「嗯，在老家有做過兩年左右。因為我讀的高中是可以打工的。」

「難怪。」

如果是有經驗的人，反應會這麼俐落也是可以理解的。

「呼～話是這麼說，但一直站著也是很累的。」

奈奈子也坐了下來。
而因為她用力一坐的關係，胸部瞬間也跟著軟軟地搖晃了一下。
（雖然之前就想過，但她的胸部真的好大……）
從剛剛就覺得制服好像很緊。
看起來很有艦Colle鹿島的感覺。
不過在二〇〇六年的現在說這些，對方大概也不會懂吧。（註4）
「恭也？你從剛剛就一直看著我……怎麼了？」
「不，沒什麼。話、話說回來，志野亞貴跟貫之不用打工啊。」
我趕緊換個話題。
沒錯，都沒有聽那兩個人提過這種事。不過看起來，也不像是有很多生活費的感覺。
「貫之的話我不清楚，應該多少有在打工吧？」
「奈奈子也不清楚啊……」
已經跟我們住了一陣子了，但貫之的作息時間總跟我們對不太上。
最多也只能偶爾跟我們吃晚餐，算是四人當中來歷最不明的人。

4　二〇一六年LAWSON便利商店和「艦隊收集」合作的活動中，穿著店員制服的鹿島掛軸引發搶購熱潮。

「志野亞貴好像有申請獎學金喔，而且她有說自己不太適合打工。」

「也是，感覺不太適合。」

無法想像志野亞貴帶著那樣的氣息俐落工作。

不過有申請獎學金啊……十年後會有遲繳還款的問題，但似乎就現在來說還不是什麼話題。

「說到這個，志野亞貴老是窩在房間裡對吧，到底在做什麼啊。」

「咦？」

「沒有在打工，學校沒課就馬上回來，你不會很想知道她平常到底在幹麼嗎？」

「啊……」

「恭也，你知道些什麼嗎？」

「呃，就是……」

想要說明，卻又打住念頭。

那天晚上，我所看見的光景。

秋島志野——不，志野亞貴畫畫的模樣。

自己震懾於那副鬼氣逼人的模樣及畫作內容的事情，再次浮現腦海。

「不，我也不太知道。不過妳想想看，她應該是有一、兩個興趣吧？」

「嗯——對啊，應該是吧。突然開始獨自在外生活，而且她又是從那麼遠的地方來，希望不要覺得孤單才好……我只是這麼想而已。」

我並沒有對任何人提起，志野亞貴畫畫的事情。她本人好像也沒有對誰說，而且感覺好像也不是可以隨意說出口的事情。

奈奈子也沒有再繼續追問，不過她真的是貼心的孩子，深思熟慮的性格跟那外表背道而馳。

話說回來，為什麼奈奈子會來讀大藝呢？

她應該也是抱著什麼想法才來的才對，但是都還沒聽她說過。

「啊，果然。是不是沒有補飲料？」

「對，我現在就去補。」

「喔？那你再告訴我少了多少～」

我站起來，往飲料架走去。

茶飲和汽水幾乎都是剩兩到三瓶的情況。

「剩滿少的呢。」

我蹲下來，從後面的紙箱裡拿出寶特瓶補到架上。

「那麼，我也來幫忙。」

後頭傳來奈奈子的聲音，讓我清楚知道她正走過來。

「好，謝……這!?」

一個柔嫩而溫軟的東西，不可思議地頂住我面朝前方的頭及肩膀，害我不禁發出奇怪的聲音。

「啊，真的耶。薑汁汽水和寶礦力都沒剩多少了呢，這邊就我來補貨吧。」

「唔、唔……」

我無法好好回話。

她的胸部仍一再重複著從我頭部離開，然後又接近、碰到的情況。背部也不時被疑似她大腿的部位貼上。有時伴隨著「嘿咻」的聲音，胸部還會往前壓得更緊。這是什麼情況啊，如果是店裡的特別服務，是要做到什麼程度啊。

明明有源源不絕的冷氣竄出，我卻在身體始終如火燒一樣的情況下，一直默默地補充著飲料。

「恭也都不說話，怎麼了嗎？」

「啊，不，就是──那個……」

「哦，這裡空間比較狹窄，可能身體都會一直碰到你，抱歉囉。」

「那還真是……謝謝妳。」

至於謝什麼，就姑且先不管了。

鬆軟、輕柔的觸感和溫度不停地襲來。

（啊……糟糕，我一瞬間失了神。）

已經無法專心補充飲料，整副精神全放在背上。

「好了——這樣就補得差不多啦。」

幾分鐘後，天國阿莎力地關門了。

還沒完！本能如此地朝我怒喝，我迅速地看了一下並告知奈奈子說：

「啊，左邊還有沒補到的呢。」

「喔，那這邊也讓我來吧。」

鬆軟、輕柔之類的天國又再次開啟大門。

（不行……這我真的不行了。）

如此過度的幸福感受，甚至讓我覺得是不是會就這樣死去。

◇

結果，打工一直持續到早上，我們到清晨六點值完班終於自由。

「辛苦了！」

就在朝日晒得我眼睛直眨的時候，奈奈子以充滿活力的聲音對我說道。果然年輕……不對，現在的我也是年輕人。

「妳也是。很累吧……」

「不會，抱歉耶，突然就讓你開始上班，會不會很累？」

奈奈子一臉愧疚的樣子。

但其實，她才是一直負擔較多工作的那方。

微笑招呼客人的同時，還要下訂單、陳列商品及補充熱食，這樣忙碌之中，她依然保持充沛的精力。

「不會，反正回到租屋的地方也沒事做。」

「這樣啊，那就好～」

奈奈子放心似地說著。

像剛剛說出口的慰勞也是，基本上是個很會照顧人的好孩子呢……

雖然那副辣妹模樣有點像不良少女，但其實就是一般正常的漂亮女孩子。

「對了恭也，等一下有時間嗎？」

「嗯……是沒什麼事情。」

「那這樣的話，要不要去卡拉ＯＫ唱個一小時？」

她突然這麼提議道。

「可是我不太會唱歌耶。」

「啊，那不然錢我付，你可以聽就好。」

就算十年前，個人卡拉ＯＫ也隨處可見，不曉得為何奈奈子很堅持要兩人一起去。

「奈奈子喜歡唱歌嗎？」

「超喜歡的!!」

完全是秒答。

既然都講成這樣了，我也沒有理由拒絕。

隔著近鄰大學的富田林車站對面，有間包廂式連鎖卡拉ＯＫ。

由於只有那間是二十四小時營業，我們便毫不猶豫地進到裡頭。

「太好了，是 Joymusic 的系統～他們曲目比較齊全。」

奈奈子一進包廂，就隨即開始翻起歌本找歌。

「妳都唱什麼歌？」

「就一般的Ｊ－ＰＯＰ啊？還有動漫歌曲也算常唱，像是……」

奈奈子一邊輸入幾首歌的曲號，一邊開心地舉出幾首歌名。

「妳一個人就不會來唱歌嗎？」

「嗯，不覺得那樣很孤單嗎？一個人唱歌的話。」

「說得也沒錯……」

「不管唱得好聽或難聽，要大家一起同樂才叫卡拉ＯＫ，我是這麼認為的。」

真不愧是老手，對於機器的操作相當熟悉。她將回音和虛擬空間特效關掉，也取消了導唱。

（奇怪？關掉回音不是高手才會做的事情嗎？）

瞬間，胸口開始砰咚大響。

我想起前幾天志野亞貴那件事。

看這個情況，該不會演變成奈奈子也是唱歌好聽到如傳說級般，而我就在今天與野生高手相遇了吧……！

◇

（嗚哇……）

在曲目進行當中，我始終處於吃驚狀態。

除了被她突然用巨大音量開始唱起歌嚇到之外，顫音讓人發抖，彷彿耳邊低語的氣音使人心頭漏拍，還有不知在何時換氣的肺活量，更是教人驚訝。

如果沒有葬送這些優點的瘋狂走音，我想她的歌聲一定會非常感動人心。

簡單用一句話來說，奈奈子歌唱得並不好。

而且可以說豪邁到令人驚訝的程度。

第一首唱的動漫歌，是從選秀會脫穎而出的新人歌手的歌曲，以高難度技巧著名。

一開始我還驚訝她偏偏選了這首歌來唱，接著就想說，應該是很有自信的關係吧……

不過當然這只是唱卡拉ＯＫ而已，只要帶著滿滿的感情唱喜歡的歌曲，就算唱得難聽也可以炒熱氣氛。

（不……可是這實在……）

然而，如果要評比奈奈子的拙劣度，就是五個選項中唯獨一項數值特別低，像這種該怎麼說呢，就是相當遺憾的感覺。

「呼～好久沒唱歌了，果然覺得很痛快～」

唱完一首歌，奈奈子暫且放下麥克風。

「奈奈子的音量真不是蓋的。」

總之要找到讚美的點有點困難，就先從最沒問題的部分講起好了。

「真的嗎？大概是因為我在老家的時候，奶奶會彈民謠，從小就常要我唱的關係。」

如果從小就扯開喉嚨出聲唱歌的話，會有這樣的音量倒也能理解。

「妳現在還會唱民謠嗎？」

「會啊，把船～拉～上～岸～……」

她突然開始認真唱起民謠，那音量又讓我嚇一跳。

不過，音準還是一樣跑掉了。

「我其實也可以繼續唱下去的。可是唱到一半奶奶說『妳可以多唱一點其他的歌』，所以我就沒再唱了。」

奶奶講話的方式太感人。

「妳喜歡唱歌嗎？」

她一聽便用力點點頭。

「嗯，很喜歡。所以才會像這樣三不五時來唱卡拉ＯＫ……但因為老是自己一個人來實在太孤單了，就忍不住找你一起。」

奈奈子不好意思地這麼說著。

「……我唱得很難聽吧。」

又突然接著自己點出問題。

「呃？啊，也不是……」

事情突然發展太快，我不禁慌了手腳。

「很糟糕對吧，從以前就因為愛唱歌而一直在練習，但就是走音這點調整不過來……」

原來她自己也有發現啊……

這反而讓想替她掩飾的我羞愧了起來。

「如果只有我自己唱，也不知道到底要修正哪裡，所以偶爾就會想要別人來幫我聽……」

奈奈子抱歉地瞄了我一眼。

「……所以，我想拜託恭也一件事。」

「拜託？」

「雖然想要修正唱不好的地方，但因為我這個樣子，使得越來越少朋友願意陪我一起來。」

儘管這麼說，對奈奈子很抱歉，但是感覺繼續聽下去，的確連自己的音準都要失控了。

「所以我很希望你能像這樣陪我來唱歌，就算是偶爾也沒關係……可以嗎？」

唔……

我頓時為之語塞。

雖然說奈奈子人很好，聊天也很開心，可是像這樣一直陪她來唱歌，也是滿累的一件事。

但話說回來，這時候拒絕人家好像也很沒道義。

「嗯，好啊。如果妳覺得可以，我沒問題。」

「真的？太棒了～那之後打完工就再拜託你囉！」

奈奈子好像真的很開心，只見她高興地用力拍著我的肩膀。

「嗯——今天也唱得很盡興……」

離開卡拉ＯＫ出來到外面，背對明亮天空的奈奈子伸伸懶腰。

我則不停地在腦海裡，進行著將剛剛聽到那些走音的歌曲，轉換成正確音準的作業。

（現在終於知道，為什麼奈奈子的朋友後來都不願意陪她來唱歌了……）

這果然會影響到自己的唱歌方式，我想應該是會吧。

「今天多謝囉，恭也。」

「咦？不會，沒什麼。」

「我總覺得啊，在恭也面前唱歌很放鬆。要說是不會緊張嘛，好像比較接近可以自然唱出來的感覺……」

姑且不論音準的問題，奈奈子的確看起來唱得很自在。

「我繼續努力的話一定會進步的，在那之前就拜託忍耐一下，好嗎？」

對方都這樣請求了，我還能怎麼樣。

其他部分倒是都滿好的，如果再加上良好的音準，真不知道會到什麼程度。就當作犧牲我微弱的歌唱力，來提升奈奈子的歌唱實力吧。

「啊，對了。」

我想到一個方法。

奈奈子的願望是希望有人聽她的歌聲，她渴望著進步。

而正因為我知道未來的趨勢，所以才能給她適當的建議，不是嗎？

「如果奈奈子開始對唱歌有自信了的話，就錄音上傳到網路吧。」

「上傳到網路……？」

奈奈子表情驚訝地問著。

「對，上傳到像是YouTube或一些影音網站，就可以讓其他人聽……」

我一解釋，就看到奈奈子的臉色頓時唰地變得慘白。

「不、不不行不行不行，這種事當然不行啊！就已經唱得這麼差了，要是放到網路上，一定會被批得很慘的啊！恭也，你是怎樣？就這麼想讓我傷心嗎？」

「不，不是這樣，我是說進步之後啊。」

「我才不要呢！YouTube是全世界的人都看得到耶，要是把自己唱的歌放上去，根本赤裸裸顯示自己的愛現，這絕對會很尷尬！」

……對喔，十年前的時代風氣還是這樣。

「那這樣好了，如果出現只有日本才有的影音頻道，可以更輕易地將自己唱的歌上傳的話，到時候要不要來試試看？」

「只有日本才有……？但現在沒有這種東西吧？」

嗯，不過大概今年年底或明年就會出現了。

「我只是假設。如果有的話，就抱著輕鬆一點的心情試試看吧。用一種『試唱看看』的感覺來做。」

「試……試唱看看啊……」

雖然奈奈子對於我的提議，露出一臉的不情願，不過——

「嗯，如果是像這樣的話……我可以考慮看看。」

「好，那就決定了！就把這當作目標，努力練習吧！」

「等一下，你不要擅自決定啦!!」

奈奈子生氣地反駁著。

不過從她的表情和說法，感覺並不是真的討厭。

如果在別人面前唱歌不是難事的話，那麼也一定會有想讓更多人聽見自己歌聲的慾望。

在不久的將來，niconico 動畫出現，影片和聲音檔放上網路的難度減低之後……

就算是奈奈子的歌聲，也應該會有更多人想聽的，然後透過累積經驗，歌說不定就會唱得越來越好。

到時候奈奈子的想法，也一定會有巨大的轉變。

◇

不是只有映像學科比較特別，應該說整個藝大的課程與其他一般大學截然不同。

首先是通識課程。

很多大學都把第二外語列為必修，但大藝除了部分學科之外，並沒有這樣的規定，學生也不用非得修歷史或文學不可。而課程本身限制寬鬆，有些沒有考試，僅採計出席分數，或是以給學分為前提。

這樣的環境對於到高中都不擅長念書的「一般」學生來說，簡直就像天國一樣。

「本來日語已經講得不怎麼樣了，要是再多學個外文，可能會更痛苦～所以我才想要來這間大學咩！」

這是某個女孩子的發言，為了維護本人的名譽，名字我就不說了。

可是——

一旦換成專業科目，果然就會被滿滿的專業知識用力攻擊。

「攝影機有很多種類，以底片來說就有八毫米、十六毫米、三十五毫米、七十毫米。攝錄機則有八毫米、S－VHS、Beta、VHS、BETACAM、U-Matic、DV，最近又新增加了HDV的規格。」

「當需要用好幾個畫面去呈現一個場景時，在攝影機與被攝體的關係當中，就有一條不可跨越的界線。這條線就稱之為假想線。」

「拍攝玻璃或水面的時候所產生的反射，就要使用偏光鏡來消除，但這時候可別忘了我們還有二・五的濾鏡，所以要調整曝光到二或二分之一。」

終於到前一陣子，原本應該還在學文法和二次方程式的學生們，開始認真上起了這樣的課程。

老實說，我一頭霧水。

拿著從英語直接音譯過來的難懂手冊，還有列出滿滿數值與表格的教材，馬上就讓剛入學的一年級生，吃了一記強烈的文化衝擊。

……為什麼攝影機是採英式發音的 Camera，而不是常聽到的 Kamera 呢？

今天是映像相關科目中，最重要的劇本課上課的日子。

「那麼，我們就開始這堂劇本創作理論課。」

滿頭白髮加上太陽眼鏡，隱約散發著壓迫感的老教授站在講臺上。

本來我對他一無所知，但是去谷歌搜尋了名字之後，發現是資深日本電影導演，而且是屢屢獲獎的人物。

而事實上，跟上次一樣坐在我前面，對電影知之甚詳的女孩子——河瀨川什麼的，就是正用閃閃發亮的眼神緊盯著講臺上的老爺爺。

（看來是很厲害的人吧……）

儘管是已年過七十的姿態，依然口條流暢並神采奕奕地不停寫著板書，那副模樣實在充滿氣魄。

（而我這邊的話，也是啦，要說厲害是也滿厲害的。）

另一方面，坐我旁邊的那個人——

「速～～～嗯～～～～吼～～～～～嘎～～～」

有一位視線凶狠的學生，才開始上課五分鐘就睡著了。

「貫之，你這樣會被罵，不要打呼啦。」

我看不下去，連忙出手搖醒他。

「嗯……？已經下課了？」

「你睡昏頭了啦你，才剛要開始耶。」

「喔……這樣啊。」

從右到左，貫之的目光迅速地掃過黑板上的字。

「嗯，那等一下再說。」

話一說完頭又低垂下來，比剛才稍稍克制一點的鼻息聲再度響起。

「我不管你了喔……真是的。」

我嘆了一口氣，同時把視線移回黑板的方向。

昨天深夜，貫之突然來我房間。

「我找到一份很厲害的打工喔，總之錢多得嚇人，真好。」

他眨著閃閃發亮的眼睛，一直要拉我去做那個打工。

「就是眼藥水的藥物實驗，做一個禮拜就三十萬日圓喔，三十萬！是寫真學科的學長介紹我去的。」

藥物實驗，眼藥水，超乎常理的報酬，學長介紹。根本是可怕條件達滿貫八千點的打工。

「你不要做啦，那種打工絕對不好的啊。」

「沒問題，就跟你說了很安全！而且也會簽契約！」

「讓我看一下契約。」

從貫之手上拿過契約，看了一下。

開宗明義就寫著類似『無論發生什麼都無異議』的語句，光看就覺得頭痛。

「總之，我還是先不要好了。」

「幹麼這樣啦，真無聊。那我就自己一個人去喔。」

貫之說完後就這樣離開，再回來的時候已經早上了。所以當然會想睡覺了。

「我回來了。」

毫不掩飾睏意的貫之，帶著一臉不滿的表情，將事情從頭到尾告訴正在吃早餐的我們。

聽他說是一去到集合地點，發現打工人員已經十分足夠，多出來的人便臨時被那個派遣公司帶去做些簡單的搬運工作。

那份工作似乎是相當常見的黑心打工，要人家不停搬重物的結果是只給七千五百日圓。

「總之我要來睡覺了。」

「你在說什麼，九點開始有必修課耶。」

「那我就去課堂上睡。」

雖然慶幸貫之保住眼睛，但代價是累積出肉體的疲憊，這樣讓他根本很難去上第一節課。

（不過，還好也只有板書而已，之後再講給他聽就好了吧。）

看來這位老先生的教課方式，就是一直寫一直講，我們一直記就對了。

「好，接著我來說說寫劇本時的必備要素。」

老先生一個勁兒地在黑板上寫著單字。

號稱『劇本十大要件』的這些內容，條列著寫電影與電視劇劇本時的必備要素。

『發展』、『宿命』、『寶物』、『決心』、『感動』、『高潮』、『落幕』、『主題』。

一口氣寫完前述這些之後，老師開始一個個解說起來。

「所謂的發展就如同字面上的意思，情節會怎麼樣發展，就會帶動場景有所轉變。」

老師一邊舉出現實中的作品和場景，一邊解釋哪幕與他所講的東西有關。

不過可惜的是我一概聽不懂，但前面津津樂道的學生們不時發出「原來……」之類的理解回應。

「那麼，在此想要請各位思考一件事。」

突然間，老師停下說明並環視大家的臉孔。

「我剛剛只有舉出八個要件，但明明說有十大要件，各位不覺得奇怪嗎？」

所以接下來就是要……

「剩下的兩個要件，有誰可以回答？」

嗚哇，不會吧。

（完全想不出來……會是什麼啊？）

就算老師說是必備要素，但我對於劇本的技術用語只知道起承轉合那些之類，剛所提到的十大要件當然也是第一次聽到。

「有沒有人——」

「我！」

在老師點名之前，一隻手毫不猶豫咻地舉起。

「不錯喔，很積極。妳是……」

長卷髮美少女站起來說道：

「我是河瀨川英子。其中一個沒寫到的要件，是『亂流』對嗎？」

她繼續說明。

「所謂的亂流，就是意想不到的發展，或是顯示出男女主角的失敗。不管是再完美的人，如果沒有缺點和失敗的話就不有趣了。因此要在故事情節中展現這一面，並使角色們克服以成就一齣戲劇，這就是我的想法。」

就在教室瞬間陷入靜默之時。

「答對了，無可挑剔。」

老師微微一笑，並於黑板上加寫『亂流』這一項。

「哦哦！」教室內充斥著這樣的讚嘆聲。

（好厲害喔……竟然說中了。）

我回想起說明會上，她那滔滔不絕的自我介紹。

「那剩下的另外一項，妳也可以回答嗎？」

「另一個我就讓給其他人作答。都由我獨占也不太好意思。」

「妳還真是有趣，也滿壞心眼的。」

「您過獎了。」

聽見兩人的一來一往，所有學生都笑了。

這樣一來，只會讓接下來回答的人出糗而已。

不要叫到我……我在內心雙手合十祈禱著。

「好，就那位在後面睡覺的同學！你來回答。」

老師的手直直地指了過來。

學生們的目光一口氣全看了過來。

「嗯……咦？」

伴隨著睡迷糊的語氣，貫之抬起了頭。

「恭也，怎麼了？我怎麼覺得好像被叫到了？」

「不是好像，是真的點到你了，你看前面。」

我要貫之看看黑板。

「看來你現在要開始上課了。」

聽見老師的話，教室又響起了笑聲。

貫之這會兒終於注意到，往自己身上集中的視線。

「這是那個嗎？就是點名要我回答的意思？」

他以悠哉的語氣說著終於察覺的事情。

「沒錯，劇本的十大要件還少一個，你現在被點名回答剩下的最後一個。」

「啊，原來是這樣。」

貫之輕點著頭並注視著黑板。

不管怎麼看，都不像回答得出來的狀態。

「？」

「我看你是不知道吧？要投降就說……」

貫之並沒有讓老師半激將似的話語說到最後。

「『敵對角色』。」

貫之突然間不知道說了什麼。

「咦？」

「啊，對了，都是統一用兩個字是吧，那應該就是『反派』。」

貫之搔了搔頭，繼續用著懶洋洋的聲音說道：

「如同字面所示，就是作品中與主角為敵的東西。不管是人物也好組織也好，心理創傷或精神層面的東西都可以。如果以黑板上那幾樣來說的話，就是站在搶奪『寶物』立場之類的，這樣應該比較好懂吧。我覺得這是很重要的東西，可以讓故事直到最後都保持緊張感……覺得怎麼樣？」

大家聽到貫之的話都呆住了。

「……這樣的發展就是叫做『亂流』啊，幹得好，你答對了。」

這時，老師一個人用力地點點頭。

「好喔。」

貫之一坐下來就沒再說什麼，繼續開始釣魚。

（……貫之到底是什麼來頭啊？）

我重新端詳著有著凶惡眼神的友人。

雖然說的確有不知其底細的地方，但突然間被點名就能準確說中劇本要素，而且還擺出一副「這沒什麼大不了」的模樣，很明顯就不是等閒之輩。

（這傢伙也是「白金世代」的其中一人嗎……該不會是吧……）

就像是志野亞貴讓我感覺到她將會有驚人的未來，這名大無畏睡倒課堂上的男子，也讓我有相同的感覺。

「那傢伙到底是怎麼一回事，明明就一直在睡覺，太不可思議了……」

然後，還有另外一個人。

被奪走這整場主角寶座的河瀨川英子，正以憤恨的目光看著貫之，就跟新生說明會上看著志野亞貴的眼神一樣。

（這孩子異常的競爭心態……真不知是怎麼一回事，傷腦筋。）

◇

「就跟你說這沒什麼啊，只是剛好以前有讀過，照書上看到的說出來而已。」

貫之手捧著豬排丼飯狂吃猛吃，同時一臉煩躁地回答我。

「碰巧剩下的是我記得的，才有辦法回答，要是其他的我就沒辦法，那個真的剛好，剛好啦。」

「話是這麼說，那個時間點可以滔滔不絕地說出來，還是很厲害啊。」

見我這麼興奮地說著，奈奈子和志野亞貴也都贊同。

「就是說啊，要是我的話，就算解釋給我聽，我也想不出任何一個。」

「老師也嚇了一跳對咩，沒想到這樣也可以答對～」

雖然大家不停地稱讚，但貫之倒沒有特別開心的模樣，一口氣掃光碗中的食物。

「嗯，那我先去打工了。」

貫之簡短地說完後便走出食堂，踩著悠哉的腳步離開。

「……他是不是好像心情不太好？」

明明大家都在稱讚，他大可不必這麼冷淡的。

「一定是不習慣收到讚美，看他那副樣子。」

「是嗎？」

「對啊。大概會自己在我們看不到的地方開心，一定是這樣。」

奈奈子「嗯——」地伸了個懶腰。

「那我也先告退一下，今天還要上夜班。」

「啊，嗯。」

「慢走。」

我跟志野亞貴一起目送奈奈子離開。

雖然說課業方面表現不突出，但是奈奈子已經交到不少朋友，也開心沉浸在大學生活裡的樣子。

「大家都很努力捏～我也要好好努力才行囉。」

「唔、嗯。對啊。」

雖然說我點頭回應志野亞貴的話。

但我心中，已經將她和貫之劃分為同一類。

（反正將來會變成神級插畫家，我們層次完全不同。）

眼前伴隨著簌簌聲開心喝著草莓牛奶的模樣，跟前幾天鬼氣逼人的樣子完全連不起來。

因為是來自十年後的世界，所以我認為自己比其他人更具優勢，抱持著絕對是比較有利的想法。

但是，明明我至少也曾以專業人士的身分處於娛樂前線，然而所獲得的知識卻派不上用場。反而只是更加突顯出，自己連基礎都不懂的窘境。

我不禁開始思考，是不是到頭來才能或唸書才是比較重要的，更勝於經驗。

「唔……」

我低頭陷入沉思。

每個人都好厲害，在這當中只有自己是毫無作為的平凡人。

我有辦法跟上大家嗎？內心的不安無止盡湧現。

「你怎麼了咩？」

「咦？」

不知不覺中，志野亞貴直盯著我的臉瞧。

「啊，不，沒什麼。」

「嗯～那就好。」

志野亞貴微微一笑。

「欸、欸，恭也同學？」

「嗯、嗯？怎樣？」

志野亞貴輕輕笑了笑後，隨即揪住我衣服的下襬，用力把我拉了過去。

「如果你等等沒別的事的話，可不可以陪我一下？」

「嗯？是、是可以啊……」

「那就走吧。」

志野亞貴應該沒有想要打工，會是什麼事呢？

雖然覺得奇怪，但我還是決定，陪同站起來往前走的志野亞貴過去。

從校舍林立的寬闊道路拐進旁邊的小路，回到校門口附近有一棟建築物，裡頭都是文化類型社團的社辦。

志野亞貴帶我來的地方，是學校的社團大樓。

「哦──有很多社團捏，從哪裡開始看好呢……」

她開心地說著，並看向一間間深具特色的社辦。像這個時期，還有很多社辦的門上依舊貼著招募社員的公告。

「果然是藝大，每間都在展現自己的風格。」

光是一塊招牌，就有手寫的啦、木雕的啦，或者是以染布呈現等等，變化相當豐富。

「都是因為感冒，害我沒能參加到社團招生博覽會！我要連同沒看到的都好好補回來～」

在大藝，一入學就會馬上舉辦社團新生招生博覽會。

許多社團會在禮堂的舞台上賣力宣傳，有興趣的新生會在博覽會上決定好想去的社團。但如果不幸沒能參加的話，就得日後自己到社辦大樓參觀、選擇。

大藝的社團數量可不是開玩笑的多，新生爭奪戰也一年比一年激烈。那些熱烈的表演看的時候是很有趣，但其中也有幾個太過偏向個人嗜好，讓人莫名其妙的奇怪社團。

顯然志野亞貴，不太可能會參加那種。

「啊，恭也同學！」

志野亞貴再次拉了拉我的衣服。

「你看那裡！社辦裡面有鋪榻榻米！」

看向她說的那邊，原來是在成排社辦當中，有間特別奇怪的房間。

從門口窺看這間榻榻米社辦，可以看到裡頭有許多看似有點危險的武器。不僅如此，被立在牆邊的榻榻米上頭，還刺著幾個棒狀或菱形的飛鏢。

「喔……那是忍術研究會。」

「忍術？」

「據說世界上只有兩間學校有忍者社團，而日本就只有大藝這裡有。」

記得在招生博覽會時，元氣郎認為這是值得關注的運動性質社團，並跟我說了這些事情，我也現學現賣地照著說明。

「這樣啊……是很稀奇的社團。」

志野亞貴發出讚嘆。

仔細一看，在社辦前面進行重量訓練的學生們也穿著忍者裝，實在是很不可思議的畫面。

原來元氣郎喜歡這種猶如真正從異世界轉生的社團啊……

「那——這個人也是忍者嗎？」

「哪個？」

志野亞貴指著走廊前方，一名男子正在地上匍匐前進。

他發出奇怪的呻吟，臉上流著涔涔汗水。

不過倒是沒有穿忍者裝。

「……這應該單純是倒地不起吧？」

「咦、咦咦咦!?」

兩人隨即慌慌張張地衝到男子身邊。

「那、那個，你沒事吧？」

男子穿著皺巴巴的連帽上衣和破到不行的牛仔褲，有一點……不是有一點，是非常狂野的打扮。

一搖他的身體，他便發出「唔、嗯～」的呻吟聲。

接著，左看右看地環顧四周。

「……你對自己的體力有信心嗎？」

對，他是這樣問我的。

「什麼？」

「我現在非常累，簡單來說，就是沒辦法靠自己的力量回到社辦，所以躺在這裡呻吟，我是在想如果你有體力的話，希望你可以幫忙喊聲出力並出借肩膀，將眼前這位寫真學科五年級生・桐生孝史帶到社辦。」

這些話非但不是簡單來說，甚至是將願望都具體描述出來了。

「幸好我對體力還有點自信。」

「那就拜託你，我是真的已經動不了了。」

……敗給他了。

「志野亞貴，呃……」

「別擔心，你不用在意我。畢竟這位小哥看起來也是很辛苦咩。」
雖然參觀社團的時間沒多久便告終，志野亞貴卻仍露出甜甜的笑容。
「不好意思。那就，呃……桐生學長。」
「喔，你願意幫我嗎？」
「對啊。你要去哪一間社辦？」

我讓學長靠在肩膀上，朝他指示的方向前進。
「抱歉，很重吧。」
「不會，一點也不重。」
坦白說，我絲毫不覺得有重量感。
我知道學長乍看之下很瘦，但沒想到實際把他撐起來卻是驚人的輕。
「喔，就是這裡，麻煩去這裡的二樓。」
社團大樓的最邊邊，還有一棟看起來像是新蓋的嶄新建築物。
「這麼遠的地方也有社團捏。」
志野亞貴一臉稀奇地看著。
從正面入口爬上樓梯，一間沒有掛牌子的社辦好像就是目的地所在。
「到門口就好嗎？」

「不，進去裡面……讓我在裡頭的椅子上坐下。」

進入約五坪大的社辦，我讓桐生學長坐到房間中央的椅子上。

室內到處都是畫布，有描繪著色彩繽紛的幾何學圖樣，也有一些實景風景畫，作品沒有什麼一致性。

「哇──好有藝大的氣氛。」

志野亞貴似乎已經完全陶醉在那些畫作中。

「真的是幫了我一個大忙。多虧有你們，我總算可以回到這裡。」

鬆了口氣的桐生學長向我們道謝。

「不客氣。那我們就先走囉。」

話說完，就在我們轉身準備離開社辦的瞬間。

到剛才都還有如爛泥的桐生學長，突然精神抖擻地站了起來。

「捕捉到新社員了──！！！！」

「欸？」

「啊？」

學長一說完那句話，便看到人從社辦各個角落衝了出來。

「太好了，幹得好啊社長！連續三年被削減社團經費的悲劇也終於……唔唔！」

「今年終於可以不用跟隔壁社團借社員了！那樣好悲慘又真的很悲哀啊……」

「這樣今年又可以繼續撐下去了！啊！還有女孩子耶！好爽！好可愛！」

「妳不要說什麼好爽啦，這樣新生會怕耶！妳讀哪一科？美術？平面圖文？如果是舞台藝術的話，我可以跟妳說很多東西喔！」

在一頭霧水的我和志野亞貴面前，這些人在高喊三聲萬歲之後，你一言我一語地開心說著話。

整整過了一分鐘左右的時間，我才終於搞清楚。

「我被設計了……」

原來這個狀況是他們策畫的陷阱。

◇

「我真——的！非常抱歉——!!!」

桐生學長略顯誇張地趴在地板上道歉。

旁邊那些剛剛一直大聲嚷嚷的學長姊們，這會兒也都垂頭喪氣地縮起身體坐在那裡。

「不要這樣，你們這麼慎重道歉，反而讓我覺得可怕。」

桐生學長用力抬起頭。

「所以你願意入社囉!?」

「這是兩回事。」

「果然還是不願意嘛！」

然後頭又再次往下重重一落。

剛剛上當之後，我有點大聲地提出抗議。

因為覺得這樣不合理，而且也覺得再繼續下去，會捲入對方強勢的步調當中。

話說回來，這個社團的名稱似乎叫做美術研究會，簡稱美研。原本是由非美術類學科的學生所成立，主要由較少接觸繪畫或設計的學生們，進行跟美術相關的活動。

即便是在大藝，這個社團似乎也是以歷史悠久聞名，不過近年來都苦於社員人數減少的問題。現在包括桐生學長在內有五個人，剛好是可以被大學承認為社團的人數，而目前面臨著社辦要被收回的危機。

「因為啊，非美術類學科的人本來就大多對繪畫沒有興趣，而就算是美術類學科的傢伙，也都被課業追著跑，平常根本不想看到繪畫之類的。在這樣的情況下，就都沒有人要入社了啊!?」

「這關我什麼事啊！」

……不過他說的狀況，我的確是可以理解。

如果是普通大學，必然會有一定數量的人對繪畫有興趣。在此前提之下，這種美術類型社團就有其存在的意義。

可是這裡是藝大，是課業上需要全心全意繪圖，並以此為評價基準的學校。好不容易才有的空間，自然是會想拿來做別的事情吧。

「拜託你啦！你同時參加其他社團也沒關係，只要在學校將社團經費撥下來之前的這段時間入社就好！」

被拜託到這種地步，就連我也不禁有點同情起來。

「唔——怎麼辦？」

我問身旁一直看著畫的志野亞貴。

「嗯，我是也可以入社啦。」

「真、真的!?」

桐生學長抬起頭。

「咦？真的要嗎？」

「反正學長姊們看起來也不像壞人咩。」

這些前輩們頓時開始沸騰起來。「你聽到了嗎？她說我們看起來不像壞人」、「明明我們看起來這麼怪」、「這孩子人太好了吧」。沒錯，我也覺得她人太好了。

「而且，我喜歡看很多不同人畫的畫。」

「啊……」

原來如此。

我本來覺得非美術類型學科裡，對美術有興趣的學生應該算是稀有種，不過志野亞貴完全就是這類型的人。

「我知道了，那我也加入。」

「真假!?你願意嗎？」

「只、只不過，只是暫時加入喔！之後我可能會換社團！」

「太棒了！」

學長姊們開心地發出比剛剛更大聲的歡呼。

「這樣好嗎……」

望著隨即開始準備迎新趴的學長姊們，多少還是會感覺有點不安。

美術研究會的迎新趴，在距離不到一小時後就開始了。

活動會場就在社辦大樓的後面山丘上，已經喝得面紅耳赤的桐生學長，手裡拿著杯子率先開口。

「那麼接著，我們就來歡迎橋場恭也和志野亞貴入社吧！」

「乾杯!!」

高舉杯子，派對正式開始。

「真的是~感謝感謝。這樣也保住了我身為社長的面子，沒有比這更開心的事情了。」

桐生學長開心得要哭出來似地，但模樣根本詭異得讓人知道是演技。

「我話先說在前頭喔，真的只是暫時的喔？」

「我知道，我知道啦。嗯嗯，我懂我懂。」

這說法毫無可信度，還用力地拍著我的肩膀。

得小心這個人……

「呵呵，恭也同學……幹麼一臉恐怖的表情咧？喝咩？」

「呃？要喝的話也是喝可樂……喂，志野亞貴，妳臉湊太近了。」

心情超好的志野亞貴，從旁邊黏了上來。

因為是在極近的距離對我說話，臉頰感受到她的呼吸害我嚇了一跳。

即便這麼近看也仍像孩童般的肌膚上，一個斑都沒有。那純淨奪走了我的注意力。再加上從半開的嘴唇散發出甜美的香氣，更是令人……

「……喂，妳在喝什麼！」

當我察覺到那明顯就是酒精的氣味時，便從志野亞貴手上搶走杯子。

杯子當中，明顯裝著不同於開水和烏龍茶的東西。

「拜託，桐生學長！這杯飲料！」

「嗯？」

「嗯什麼嗯！你在志野亞貴的杯子裡倒了什麼啊！」

「開、開水而已啊……」

「有標籤上寫著純米大吟釀・八賢的開水嗎！喂！」

桐生學長早就已經逃開了。

「這杯飲料不能喝咩？」

「不行。等一下妳都要給我乖乖喝水。」

換一杯裝了開水的杯子，遞給志野亞貴。

「橋場學弟我問你，你是讀哪個學科？記得好像是映像？」

剛剛說「好爽」的姊姊走上前來，言行舉止很豪邁，服裝也很豪邁……不對，是曝露程度莫名地高。

「是、是的，沒錯……那個，學姊叫什麼名字？」

「樋山友梨香，工藝三年級。我是做陶瓷藝術的～」

陶瓷藝術……對喔，這裡還有這樣的學科。

「那個，我可以問一個問題嗎？」

「可以啊，什麼問題？」

「所謂的陶瓷藝術就是……就是有轉盤在轉的那種嗎？」
當我終於還是憑著印象問出口時，樋山學姊便一副早就等我問的模樣。
「很好很好，果然就是會問到這個。你等我一下喔。」
只見她把杯子一放，迅速地站起身。
「看過來，樋山友梨香要為各位表演空氣轉盤～！」
話都還沒說完，她就像受訪者一樣雙手高舉，開始做出眼前彷彿有轉盤在動的手勢。這時候應該還沒有開始空氣吉他之類的熱潮……？
「嗯～果然像是在這個部分呢～身為創作者會想帶入自己的堅持～」
甚至就連受訪者回覆問題時，那自我感覺良好的模樣都表演出來了。
「不錯，樋山，很會喔！」
「果然是妳的專業！」
的確是很精彩，不過看這樣子，難不成她的專業是表演嗎？
「音樂學科二年級，杉本三樹雄！本人要演唱《橡果滾呀滾》！」
體格壯碩的音樂學科學長站起來如此宣布。
「橡果滾～～～～呀～～～～滾～～～～～橡～～～～～～～果～～～」
一邊以美聲男高音熱唱《橡果滾呀滾》，一邊從迎新趴的山丘上滾下斜坡。
「杉本的歌聲很讚吧。」

不知道什麼時候表演完轉盤的樋山學姊，下了如此的評語。

「是很讚。」

「那是可以在音樂會上演出的水準喔。」

「的確是很讚沒錯。」

我只聽到從他滾下去的地方，傳來充滿震撼力的《橡果滾呀滾》。是唱得很好，但感覺會讓人做惡夢。

周圍充斥著喝采和爆笑聲。不知不覺間，除了社員以外的人也都自然地湊了過來，怎麼想都覺得人數好多。

「我說啊，今年多虧有你們才能再舉辦迎新趴，太好了，謝謝。」

一位帥得過分的小哥過來跟我搭話。就是剛剛在社辦，最後跟我說話的人。

「啊，不會……那個學長怎麼稱呼？」

「我是柿原將，舞台藝術學科三年級。」

「舞台藝術是在做什麼的呢？」

「做什麼啊……那不然我示範給你看看好。」

柿原學長跟剛才樋山學姊一樣把杯子放下，去到稍遠處站好後，用力吸一大口氣……突然當場莫名地不停旋轉起來，開始轉來轉去跳舞。

「柿原是讀舞蹈課程的。」

樋山學姊以陶醉的眼神，凝視著那像是舞蹈之類的表演。

「這、這樣啊。」

動作俐落，明顯就跟一般外行人水準不同。

先不論這是否適合在聚會上表演，但他的技術的確讓人覺得不同凡響。

「怎麼樣，橋場！這就是舞台藝術的動……想吐噗！」

原先還在不停來回旋轉舞動的柿原學長，聲音突然變得怪異。

「啊，柿原已經不行了，今天怎麼那麼快啊！」

身旁的樋山學姊本來還是陶醉的眼神，忽然間就冷靜下來了。

「請、請問，不行是什麼意思？」

「你看就知道了，看吧。」

「嘔嘔嘔嘔嘔嘔嘔嘔嘔嘔嘔嘔嘔嘔嘔嘔——」

「嗚哇哇哇哇哇哇哇!!」

我聽她說完後一瞧，柿原學長已經完全變身為邊轉圈邊嘔吐的地獄人偶了。

「來了!柿原的拿手好戲旋轉嘔吐！」

「這個表演沒出現，我們美研的聚會就不能開始對吧~」

「那、那個，不用去幫他嗎?柿原學長一副快死的樣子！」

「沒問題沒問題，他吐完之後會自己清乾淨，然後又會繼續喝、繼續轉的。」

「這哪裡沒問題啊！」

「看起來好有趣捏！我也來旋轉看看好了咩～」

「志野亞貴妳給我在那邊坐好！桐生學長拜託你，就說不要再往她杯子裡倒酒了！還有樋山學姊，拜託妳不要抱著我啦！」

◇

天色已經昏暗的校園內，到處都有人在聚會喝酒。直到迎新時期結束之前，似乎都會一直是這種狀態。

看著手表上的時間已經過午夜十二點，我離開了學校。

「這是什麼迎新啊，被歡迎的人根本就很倒楣。」

我揹著發出規律鼻息聲的志野亞貴，嘴裡埋怨著亂來的學長姊們。

走在春天的夜路氣溫恰到好處，至少舒服的感覺讓人好過多了。

不同於校舍方向傳來的喧囂，這條小路無論空氣或聲音都顯得寧靜。

「嗯……？奇怪，我睡著了？」

我聽見背上傳來聲音。

「早啊。」

我一回答，背上的生物便把臉埋進我連帽上衣的帽子裡。

「唔……頭好像還昏昏沉沉地捏……」

「當然啊，妳喝了那麼多酒就是會這樣。」

我苦笑著的同時，回想剛剛志野亞貴的行為。

結果後來，志野亞貴扎扎實實地喝了相當程度的「水」。

就在我緊張不安時，志野亞貴則變成一邊傻笑一邊正大光明地坐在上位，由男性學長們倒「水」給她的情況。

宅宅系公主這個詞，是什麼時候開始出現的啊……記得好像也有社團破壞女這個形容詞。

「不過學長姊們人都好好，真開心。」

志野亞貴用悠哉的聲音說道。

「是啦，人都不壞……應該吧。」

雖然明顯都是一些做的事跟講的話都很怪的人，但倒也不是壞人。

沒有人勉強我或志野亞貴喝酒（雖然說桐生學長滿怪的），就這方面來說感覺還滿規矩的，或者應該說是還滿乖的社團。

不過算了，反正也願意讓我同時去參加別的社團，總之加入或許也是有好處。

「恭也同學。」

忽然傳來這麼一聲。

志野亞貴以不同於剛才的清醒語氣叫著我。

「你最近有什麼困擾的事情吧?」

「咦?」

在意想不到的時間點，而且是被意想不到的人說中心情。

她怎麼會察覺呢?

的確，在看過志野亞貴那個模樣之後，我思考了很多。不過竟然這麼明顯嗎?連這位志野亞貴都能察覺。

「呵呵~你一臉我怎麼知道的表情捏~」

是從回答發現到我的忐忑不安嗎?志野亞貴竊竊笑著。

「唔，那妳是怎麼知道的?」

我小心翼翼地問道。

「你很少講自己的事情，而且一副成熟的模樣，應該是說都只會擔心別人，因為你有這一面，所以我就觀察了一下咩。」

我心跳稍微漏了一拍。

大概是跟從十年後的世界來到這裡也有關係，我看大家的感覺都像是在看小朋友一樣。奈奈子是比較有像大人一點，志野亞貴則就像個小孩子。但是我無意將這樣的態度表現出來，更從來沒有想過會有人察覺。

儘管對方可能是一種直覺，但還是被發現了。

而且還是被我認為像小孩子的志野亞貴。

我內心多少有點不安了。

「是難以啟齒的事情吧？」

「呃……也不是這麼說。」

「既然這樣要不要說說看？說不定我可以理解喔。」

那就恭敬不如從命，我開始娓娓道來。

我提到貫之和周圍的人都很厲害（至於看到志野亞貴畫畫的事情，我還是無法說出口），相較之下，自己什麼都不會的心情。

竟然能這麼坦率地說出來，就連我自己都很驚訝。

「這樣啊……好意外捏。」

「為什麼意外？」

「我覺得恭也同學是會很多事情的人，一點都不曉得你也會有這種煩惱咩。」

「很多事情都會？哪有……」

我才意外自己有這樣的評價。從志野亞貴的角度看來不一樣嗎？

「我想想，比如說……貫之早上都起不來！」

「我知道，最近都是我硬把他叫起來拖去學校的。」
「而且什麼家事都不會做，只會燒開水。」
「我知道，所以被排除在煮飯輪值之外嘛。」
「老是搞不清楚哪一天該丟什麼垃圾。」
「我知道，我偶爾會去拿回來。」
志野亞貴用力點著頭。
「這些事情，恭也同學全部都會。」
「呃，嗯……可是這些技能跟藝大的課業都毫無關聯耶？」
我終於說出口了。
「……但是生存就是很重要的事情喲。」
志野亞貴在這個時候，做出莫名沉穩的回答。
「什麼都不會的人，就會拚命尋找自己會做的事情。所以，我認為那些恭也同覺得很厲害的人，一定也是拚命想辦法找自己能做的事情。」
我感覺到她的身體瞬間變得滾燙不已。
那熱氣從相接觸的背上，傳到整個身體。或許志野亞貴只是隨口說出來，但那話語已經在我心中沸騰，動搖著我。
「或許，是吧。」

努力擠出這麼一句，腦海裡又浮現出那個情景。

志野亞貴那一心不亂坐在螢幕前畫圖的模樣。

如果擁有什麼的話，抓住就好了。可是如果什麼都沒有，那就只能去尋找。

貫之也一定拚命地在尋找著什麼吧。

然而現在的我，並沒有那麼做。

「恭也同學是很能幹的孩子捏，就是這樣。」

志野亞貴又恢復原本的語氣。

聽起來就像是在安慰小孩子的口氣，害我不禁笑了一下。這樣一來，立場可就反了。

「那就感謝……等等，噎？」

隨後感覺一道輕柔放在我頭上，讓我不禁發出驚呼。

「好孩子……」

志野亞貴的手輕柔地撫摸著我的頭。

略燙的溫暖手掌，包覆似地來回撫著頭。

明明應該只有頭部才有接觸的感覺，但全身卻彷彿溫暖了起來。

「……志野亞貴。」

雙親在我高中的時候離婚。

由父親撫養的我，就此沒有再見過母親。

孤單與敏感混雜的情感，志野亞貴就這樣溫柔地承接了。

我也就自然地——

「謝謝。」

向志野亞貴道謝。

「嗯……」

不曉得是不是聽到我的聲音感覺放心了，那摸頭的手就這樣緩緩地垂了下來。

很快地就開始聽到背後傳來睡著的鼻息聲。

我加快回到租屋處的腳步，臉上迎著春風，忽然抬起頭望向夜空。

慶祝新生入學的櫻花瓣，在風中飛舞著。

「我能做什麼呢？」

回到十年前，選擇一條跟過去不同的路，來到了藝大。

話雖如此卻沒有一樣會的技能，也不知道自己做什麼才好。

然而我卻彷彿覺得，似乎已經找到入口了。

老師，老師！
寫劇本的時候，老師你最注重的是什麼呢？
爆炸性結局！
どごーん
碰嘎——

第三章　有個叫映像學科的地方

大學的課程是每週每週循環，但並不是都在同一個時間點開始。會按照學校方面或是老師方面的情況，其中也有在學期快要結束的四月才開始上課的。

就在我們一年級生好不容易適應大學生活的時候，必修課中唯一還沒上課的課程開始了。

「好，大家都到了吧。」

加納老師站在講桌前，微笑地環視學生們。

「那麼接下來，對你們來說將是首次實戰演練的綜合實習一開始上課。」

老師以宏亮的聲音如此宣布。

「……不曉得會是怎樣的課程喔。」

奈奈子有點不安地喃喃說著。

「不過既然說是實習，應該就是讓我們做一些東西吧。」

貫之似乎並不特別在意，扭動著脖子發出喀拉喀拉的聲響。

「那位老師胸部好大捏～肩膀不會痠痛咩？」

志野亞貴到底在看哪裡啊？

「話說回來，奈奈子不會肩膀痠痛咩？」

「妳、妳突然問這什麼問題啊，志野亞貴！」

……志野亞貴，剛剛這問題問得有點漂亮喔。

「加納老師啊……」

然而在這四人當中，最不安的就是我。

畢竟這位老師，是在入學沒多久就讓我們夢想和理想破滅的人。

像今天的實習也是，不曉得又會突然說出什麼話來。

（……但如果這樣就畏縮的話，什麼都做不成的！）

我輕拍臉頰打起精神。因為老師同時也是願意提醒我們，想要擁有成就並沒有那麼簡單的人，就當作是反而更令人期待的事吧。

「所謂的綜合實習一這個課程，除了電影、影像的製作之外，主要是要讓各位了解最重要的事情。」

老師在黑板上寫下『導演』、『技術』、『表演』、『製作』。

「理論有百百種，不過這些是我認為『製作影片所必需的四大架構』。接下來，我將一個一個進行說明。」

老師接著拿起紅色粉筆，把導演的部分圈起來。

「首先是導演。這是負責統籌製作的部門。這個部分嘛，我想你們應該都懂。不僅是作品的總負責人，也是任何事情都得站在第一線的角色。無論是讚賞或批判，都會全部集中在這裡。而像劇本和副導演的職責，基本上也包含在這裡頭。」

「接著來講技術。這個部分包含的內容，像是攝影、燈光和聲音等製作影片時不可或缺的技術面。不管少了哪一個，都會對作品產生極大的影響，平常上課只會睡覺的人，之後就會知道痛苦喔？」

「再來是表演，也就是所謂的演員。從分配角色到演技、畫面呈現出來的表情和聲音、時間的感覺……雖然技術部分也涵括這些，但除此之外還得要深度挖掘人的內心層面不可，光是這點就讓這個部分稍微棘手一點。不過當然，能好好投入其中時的喜悅，反而格外別有滋味。」

「接著下來。」

老師開了頭之後又打住，然後把最後的『製作』圈了起來。

「這個就是你們最陌生的部分了。如裏麵衣般的製作流程……這一塊就是負責生產與執行。還有這個，我之前好像也有告訴過你們了……」

老師在『製作』二字底下，寫上了『擦屁股』。

「這個部分總之就是集麻煩事於一身。像是做拍攝的準備，明明聯絡好了演員卻沒來、工作人員沒來，或是來了之後又吵架，接著以為他們和好了，卻發現竟開始戀愛，分手之後又互相仇視攻擊；或是狀況不好無法發揮演技，好不容易終於可以開拍了，想要晴天的畫面，烏雲卻出現然後下雨……總之，只是簡單講一下而已就有這些狀況了。」

學生們當中，發出了「哇——」的聲音。

沒錯，做成人電玩遊戲的時候也是一樣，製作面的工作相當辛苦，進行動畫製作的時候也是，總之就是常聽人家說很痛苦。

「以上就是針對四大架構所作的說明。那麼在我們這堂綜合實習一的課程——我希望你們先分好四個人一組，然後各自負責一個架構。」

教室內頓時騷動起來。

「接下來到暑假的這段時間，你們各組要製作出一段三分鐘的影片。這就是這堂課的必修課題。」

這回，嘰嘰喳喳的騷動轉為喧鬧。

（什麼？一下子就要我們做影片嗎……）

明明什麼專業的知識都還沒教我們啊。

「你們想要認識的一組也可以，交給我來分組也可以。十五分鐘後，已經分好組的，就推派一個代表來告訴我。那麼，現在就先各自解散找組員吧！」

◇

教室裡的喧鬧聲始終未見平息。

有人很快就去找感覺可以當組員的人，也有些人乏人問津，很快就去找老師商量了。

在這當中，我們對於分組這件事毫不費吹灰之力。

「我們恰巧四個人剛剛好。」

貫之安心地呼了口氣。

「我好擔心被分配到跟一些莫名其妙的傢伙一組。」

其實看看周遭，剛好找齊四個人的組別還滿少的。大致上都是二、三人的團體，很多都不知道該跟誰分成一組才好。

「有什麼意見嗎？如果對於我負責導演部分不滿的話，那我們現在就來比看誰的知識豐富啊！」

忽然之間，河瀨川就跟同組的成員爭吵起來。

「……真恐怖。」

「那女生超有幹勁的。」

貫之縮了縮脖子，奈奈子則被嚇到似地說著。

「因為對電影很有愛的關係吧……啊，那我們也來決定每個人負責的部分吧。」

沒錯，雖然說分組成員一下子就可以確定了，但要怎麼分配工作，目前完全是未知狀態。

貫之很快地就把自己的選項說出來。

「我都可以喔。」

「我也……都可以。」

接著奈奈子也說了。

「等等！我不要那個，就是演員以外都可以！唯獨演員我沒辦法！」

「咦？為什麼咧？奈奈子，之前上課的時候，妳明明表現得還不錯捏。」

志野亞貴不可思議地發問。

「我就說不要了嘛。上次那個其實真的很尷尬耶！」

前陣子我們上了演技演出理論課。

就是透過親自實際表演，以了解演員的心理層面與表現方式，是還滿有趣的課程，而奈奈子在該課堂上，呈現出了讓老師讚不絕口的演技。

當時要表演的場景是這樣子的。

場地中有個半圓形的舞台，人要在舞台上一邊找找看有沒有人在，一邊從圓形的中心點往外側走去。

因為只有要求一邊講拿到的台詞一邊走路，大家也沒有多作設計，就只是直直走過去，或是沒有分配好台詞，到最後才一次講完等等，都沒有比較亮眼的表現。

但是在這當中，唯獨奈奈子一個人充分使用了整個半圓形舞台，並且也出色地統整了台詞。

其他學生紛紛發出驚嘆，各位熟悉的那位河瀨川也表現得不錯，卻完全被奈奈子比下去，一如往例地悔恨收場。

話說回來，當事者本人呢……

「不，那個……我國高中的時候都是在話劇社，而且因為以前唱民謠，也很習慣開口了，就是，呃……」

發表感想時從頭到尾都非常害羞，截然不同於她那大方的演技。

……不過啊，幸好沒有需要認真唱歌的場景。總而言之，受到大家讚美她也是滿高興的，這也是不爭的事實。

「我也覺得奈奈子適合擔任演員……對吧，貫之？」

「是啊，我也贊成……在哪裡？究竟在哪裡？出來，到底在哪裡啊？拜託你，趕快現身、咕噢！」

就在貫之模仿奈奈子演戲的瞬間，心窩吃了對方手肘一記。

「你很煩耶！我是不會答應的喔！」

奈奈子把頭扭向一旁，感覺糗到極點一樣。

傷腦筋，還多事地揶揄人家，貫之也真是的……

「不過，那個表演真的很好。聽到的時候也嚇一跳，我覺得奈奈子是最適合負責演員的人選。」

我坦率地說出想法。

「唔……唔唔……不要逼我……」

奈奈子已經面紅耳赤卻仍試圖抵抗，雖然說認識的時間還不長，但至少知道她不討厭被人誇獎。

「那不然就當作先暫時這樣……好嗎？」

「好……好吧，是暫時，暫時喔！」

雖然她不高興地嘟著嘴巴，但這件事總算定下來了。

「那，我就負責技術部分吧。」

志野亞貴也跟著說出意願。

「人家一直好想玩玩看攝影機和燈光之類的捏～」

「這樣啊，那就志野亞貴負責技術部分吧。」

以我個人來說，我也想知道志野亞貴會畫出怎樣的分鏡圖。

而且專業技術類的職務，感覺也很適合志野亞貴的特質。

「好的，那剩下的怎麼分配？」

貫之朝我丟出問題。

「我希望貫之可以當導演……還有寫劇本。」

我提出自己想到的建議。

「我嗎？」

「對啊，課業上的知識也很充足，想說應該很適合。」

像是之前上課也一樣，貫之在各種情況下公開展現過他對劇本的了解。

不過本人是不會把自己拿手的事情講出口的類型，這點比奈奈子還嚴重。

「我是覺得那沒什麼啦？」

「我認為你很厲害。所以可以嗎？」

「這個嘛，嗯……好，我知道了。不過撇開導演的部分不說，我對剪接或統籌之類的事情一竅不通，這部分由恭也來處理如何？」

統籌啊……

不過，畢竟最重要的還是貫之的劇本，其他那些就變成是由我來處理的形式，應該是可以吧？

「如果這樣你就願意接下的話，那我沒問題。」

「好，那就都決定好了。嗯，總比負責製作要來得好……」

雖然貫之是有條件的答應，但也仍是接受了。

「呵呵，怎麼想都覺得沒有生活能力的貫之，無法處理製作方面的工作對吧？」

奈奈子打從鼻子哼笑地說道，貫之隨即站起來。

「『在哪裡？究竟在哪裡？出來，到底在哪裡啊？』」

「你要是再講這個，我就連演員都不當了喔!!」

「妳自己也沒有像妳說的那麼會做家事啊！」

「好期待奈奈子的表演捏～」

在大家吵吵鬧鬧的時候，我坦然地接下自己的任務，卻在這當中湧上異樣的感覺。

製作。回想起來，在從事成人電玩遊戲產業時，我也是擔任類似這樣的角色。

不過，或許沒有什麼拿手專長的我，最適合這樣的定位也說不定。

「我是北山團隊的代表，橋場恭也。」

因為已經分好組，便由我代表去加納老師的研究室報告。

「北山」這個組名，是因為我們也沒有想到比較特別的名稱，所以就決定乾脆拿共享住宅的住處名來用。

老師迅速地翻閱著申請書。

「你是負責製作？」

老師問道。

「是的，由我負責。」

「這樣啊，那這樣應該會有很多苦差事喔。」

「嗯，是還好……畢竟我也沒有其他適合的職位。」

導演是貫之，技術是志野亞貴，演員則是奈奈子。

看看這樣的決定，我認為是非常適當的分配。

「橋場你是用消去法……在每個人都分配好位置之後，才當剩下的製作嗎？」

老師直直地看著我。

「對……不、不過，所謂的製作不就是這樣嗎？」

由什麼都不會的人來擔任這樣的角色，這無論哪個行業都是同樣的情況吧。

就算是成人電玩遊戲也一樣，不會畫畫不會寫文章的人，擔任總監或製作人算是常態。

所以本來也無意說那句莫名的話……

「好吧。那在下下禮拜上課之前把企劃書交過來。」

「企劃書嗎？」

「對，想要拍什麼樣的作品，想要在哪裡拍攝……細節都要寫在企劃書裡面。」

老師交給我一疊講義。

「橋場，製作這個角色可不是消去法喔。」

「咦？」

「你做了就知道。總之，加油吧。」

老師說完後輕輕揮了揮手，要我離開研究室。

（那是什麼意思呢……）

老師不也在上課的時候，說製作就是擦屁股的角色嗎？其功能就是收集所有引爆爭議的事情，想辦法以某種形式帶過。

這就是離所謂的「創作」最遙遠的一個位置，不是嗎……

「唉呀！」

就在我一邊思考著一邊打開門來到走廊的同時，正好跟準備進入對面房間的河瀨川撞個正著。

「對、對不起。」

我連忙道歉，河瀨川也沒特別在意的樣子，只是一直盯著我。

「……橋場恭也。」

「咦？」

……奇怪？為什麼知道我的名字？

不可思議地想問她的時候，河瀨川開口這麼說了。

「你那組全是一些討人厭的傢伙呢。」

「……嗯、咦？」

也太突然了吧。

河瀨川將我逼到牆邊，繼續以攻擊性的語氣發言。

「不知道為什麼要來讀映像的志野亞貴！上課只會睡覺，回答卻屢中紅心的鹿苑寺貫之！還有一副輕浮樣，卻展現過人演技的小暮奈奈子！」

……好厲害。她牢牢記住了所有成員的全名和特色。

這女孩子到底是什麼樣的人啊？

「然後，還有毫無存在感的橋場恭也！」

「什麼？就只有我一個人是這種評價？」

看來身處個性派集團當中，我是以多餘的形象被記住的。

「呃，那個……所以妳到底想說什麼？」

好不容易才能回問她問題，河瀨川如此回答：

「……我不會輸的。」

「妳說什麼？」

「唯獨像你們這些人，我是絕對不會輸的。從一開始到最後，我會一直跑在最前面的。」

她用力地瞪著我。

「電影，是不容小覷的對吧。」

撂完要說的話，河瀨川就走進了研究室。

但是——

「咦？」

當我還在疑惑怎麼不到五秒的時間又走出來時，她突然靠近我。

「你、你……擅長機器方面的東西嗎？」

「啊、呃？」

「會用手機嗎？」

「這個嘛，算是還可……」

我話都還沒說完，她突然把自己的手機遞到我面前。

「這、這個，我、我想看剛剛寄來的簡訊，可是不知道該怎麼看……」

然後用柔弱的聲音尋問，跟剛剛的氣勢截然不同。

「……好，我看一下。」

總之我就先接了過來，檢查起她的手機。

「妳這手機裡面，不要說剛剛寄來的了，根本超多未讀的耶！」

我仔細一看，未讀的簡訊件數已經多到無法顯示完全了。

「因為從我開始用就都沒打開過……」

「不是啊，這樣還會造成生活上的困擾。」

「不會啦，反正只有我爸或我姊會傳而已。」

自暴自棄地說完後。

「你唸一下最新的那封。」

「我？可是看別人手機裡的簡訊總是不太好吧。」

「沒關係啦！反正也沒有什麼不能講的祕密。」

拿她沒辦法，我只好照做地打開訊息。

「上面是寫『看訊息。還有電話也都要接　MISA』，這樣可以了嗎？」

「明明馬上就會見到面的，還真是囉嗦……嗯，我知道了。」

見她手伸了過來，我便將手機還給她。

「……謝謝，耽誤了你的時間不好意思。」

坦率地道謝和道歉後，也規矩地低頭致意。

「啊，不客氣。要不要我教妳怎麼看訊息？」

「不用了，反正平常我也不太會看。」

果斷拒絕後，河瀨川再次打開研究室的門，走入裡頭。

「……這到底是?真奇怪。」

幾乎是第一次打照面就突然露出一副挑釁的態度，不知道到底是怎樣。然後沒多久，又突然拿自己的手機要人家讀簡訊，而且意外地有禮貌。

「真是莫名其妙啊……不過算了，感覺也不是個壞孩子。」

無論如何，在我心裡「河瀨川英子」這個名字和那強烈的個性，再次深深刻畫在我腦海裡了。

◇

登記好組別，我們姑且先到總是空蕩蕩的第二食堂，簡稱二食的地方會合，準備一起想企劃案要怎麼寫。

「然後，這些是相關講義。」

我拿出加納老師給的資料。

「參考這裡寫的題目，寫下長約三分鐘影像作品的企劃案，這就是綜合實習一的功課。」

貫之看了看講義的封面。

「主題是『時間』。所以是要能在三分鐘內，表現出時間流動感的作品——嗎？」

「欸？就這樣嗎？」

奈奈子驚訝地湊近講義細看。

「嗯，除此之外什麼都沒寫。其他就只剩下注意事項和借器材之類的事情而已。」

「雖然說什麼內容都可以，但反而有種不知道該做什麼才好的感覺……」

「這題目感覺很困難捏。」

四個人一起對著講義陷入沉思。

「簡單講是時間，不過也不知道這是指怎樣的時間……對吧？」

貫之注視著時鐘說道。

「是早上？還是中午？或是晚上？而且也沒有提到是多久的時間。」

奈奈子看著食堂外的貓咪。

「而且到底是不是指人類的時間也不知道，也有可能是動物的啦、昆蟲的啦，或者也有可能根本不是生物。」

「原來如此，還有像是建築物或工具等等所度過的時間。」

「老舊工具的歷史或背後故事，感覺也可以做捏，嗯。」

討論了一陣子後，四名成員一齊同聲嘆息。

「但是，只有三分鐘的表現時間。」

「真的是只有捏……」

沒錯，「時間的流動」說長可長，但影片規定的時間卻是驚人的短。

「這個作業還滿故意的。」

貫之皺起眉頭沉吟道。

「提到時間的流動就會需要長一點的表現，可是規定的時間卻很短……」

我們試著尋找講義上有沒有漏看的資訊。

然而，不管怎麼看就只有剛剛那些語句而已。

「我知道了！如果用快轉呈現，你們覺得怎麼樣？」

奈奈子一臉想到好主意的表情。

「這樣的話就可以塞很多內容，配上音樂，感覺可以輕鬆地完成……」

「話是這麼說沒錯，可是看著不停變動的畫面，要說有『時間流動』的感覺，也是有點微妙吧？不過，是可以感受到流動的速度感也說不定。」

貫之似乎不太贊成。

「這、這種事，不做做看也不曉得吧？」

不知道奈奈子是否因為提議被否定而不太服氣，只見她如此出言反駁。

但話說回來，由於看起來也沒有能夠加以反駁的理由，她似乎也無意再繼續推這個提議。

「所以才是作業咩……」

聽見志野亞貴以傷腦筋的笑容喃喃說出的這句話，眾人全都只能不甘不願地點點頭。

◇

大藝只有一年級生有必修體育課。

一開始覺得都大學了還要上體育課，不過因為也很少有機會活動身體，所以意外地還滿期待的。

更不要說在煩惱困難課業的時候，還可以作為轉換心情的管道。

「一定就是要讓我們傷腦筋，才會出這種作業的。」

貫之投出了曲線悠緩的球，進到我的手套裡。

這天體育課的項目是棒球。

貫之和我在等待輪到自己上場打擊的空檔，互相傳接球以消磨時間。

「果然真的是會這樣嗎？」

我投出的球則稍微有點往右偏。

貫之伸長手輕輕鬆鬆地接住，他的運動神經或許意外地好也說不定。

「我想是吧？因為我們進藝大根本還不到一個月啊，腦袋才剛塞進一些齒孔啦、蒙太奇啦等莫名其妙的名詞，就突然含糊不明地要求我們拍攝影片，不是故意找麻煩是什麼？」

可能是因為有點煩躁，貫之接著投出的球稍微強勁了一點。

「再加上題目這麼大，實在很難聚焦。」

「沒錯，她就是等著看焦頭爛額的我們做出亂七八糟的東西，然後再丟出殘酷的批評。真是個挫挫學生銳氣的好方法。」

腦中浮現出加納老師那一臉虐待狂的笑容。

沒錯，感覺她喜歡使力讓對方屈服。

「企劃書該怎麼辦？」

「繼續想到明天，如果還是沒有點子的話，奈奈子提的做法好像也不錯吧？這主意是那傢伙想的，一定要讓她從揹小學生書包，演到畫特殊妝、拄拐杖的老太婆。」

「感覺她死也不肯。」

老太婆就算了，要演小學生未免太勉強了吧。

「喂，鹿苑寺，換你打擊了。」

擔任裁判的學生叫貫之上場。

一看才發現，比賽為了等貫之而中斷。

「好，抱歉，我馬上過去。」

貫之如此回應。

「反正，就隨便做一做吧，只要有拍些東西，應該就會讓我們過關吧。」

他轉動著手腕，走向打擊區。

而我則是反覆地將球拋向空中，再用手套接住。

◇

時間。

對我來說，還真是諷刺的題目。

時光倒流回到十年前，重新當起大學生的我，正處在不可思議的時間當中。話雖如此，我卻無法理解其中的祕密。反而因為突然被丟來這裡，我比誰都還要混亂。

「這種事……哪有可會知道呢……」

我自己都還希望能得到一些答案呢。

「流動、流動，嗯——地點、登場人物、情境……咳噗！」

背上突然被用力一拍，害我猛地咳了起來。

「喲，橋場！怎麼啦？幹麼一臉苦惱的樣子！」

轉過頭，就看到體格莫名魁梧的一名忍者站在那裡。

「啊，是你，火川喔！」

「厲害，明明蒙著臉還是一下子就看出來耶！」

是學號跟我差一號的火川元氣郎。

「話說，你幹麼穿成這樣？」

「奇怪？我沒有跟你說過嗎？我加入忍術研究會了啊。」

「喔喔，那個社團啊。」

在跟志野亞貴一起加入美研之前，我們看到插著飛鏢的榻榻米，頓時留下深刻印象的那個社團。

我也將招生博覽會上獲知的知識，一五一十地傳達給了志野亞貴。

「學長有指示，一旦成為忍者之後，在校內行動要隨時穿著忍者裝！嘎哈哈。」

大概是已經習慣被問了，在我還沒開口之前，他就自己先將平常就是穿這樣的事情告訴我。

「話說，你是怎樣了？難道是突然被甩了嗎？」

「不是啦，但是這也太快了吧？我們才剛開學一個月耶。」

「我已經跟女忍者學姊告白過，也被甩過一次了耶！」

「太快了吧！」

沒想到火川還滿積極的……

「啊算了啦，不說這個了，你現在有空嗎？」

火川突然確認起我待會兒的行程。

好像已經不在乎讓我一臉苦惱的原因了。

「現在到我晚上打工之前是還有點時間……要幹麼？」

「這樣啊，那拜託幫我兩個小時！」

「咦……？欸，你不要拉我的手啦，喂！」

火川一邊嘎哈哈哈地笑著，一邊拉著我的手從容自在地往前走。

他那副樣子與其說是忍者，怎麼看都只像是變裝的半獸人還是赤鬼之類的。

◇

「一！」

啪嘰——！

「哇！」

從大藝過來約走了二十分鐘左右，來到一條頗具規模，名為石川的大河。

「二！」

啪嘰————！

「三！」

「咕噢！」

這邊有河床，很多學生會在這裡打棒球、放煙火或是烤肉，非常適合作為快樂學生生活舞台的一個地方。

然而現在，卻化為汗水、大吼和尖叫聲混雜交錯的地獄。

咚嘎——————！

「呀——！」

在第三次的攻擊來臨時，我下意識地往後踉蹌了幾步。

「喂，怎麼了！這種程度就投降，那要是被霍克森踢一腳，可就必死無疑了喔！」

如果是被巴西柔術大師霍克森•德雷西踢上一腳，不管怎麼鍛鍊都必死無疑的。

「等、等一下，我要休息、休息！」

我無法再承受地放下訓練手靶，當場癱坐下來。

「喔，這樣啊，那就休息十分鐘吧！」

火川從帶來的冰桶當中，拿出一罐冰凍的運動飲料扔了過來。

「來，接著。」

「喔喔，感謝。」

在喝之前，我先把還有著薄薄結冰的飲料貼在手臂上吸熱降溫。

「得另外再回禮，謝謝你陪我練習才行！」

火川說完，又嘎哈哈地爽朗大笑起來。

在忍術研究會應該也有活動身體才對，個人自主練習還做到這種地步，到底是多有活力啊……

「你一直做這樣的練習嗎？」

「對啊，不過這跟忍者沒有關係，是從以前就有的習慣了。」

我陪火川做的，是空手道的練習。

他幾乎每天都會做踢腿練習，雖然是踢在雙手綁著的手靶上，但這樣一做下來就會發現，手承受的力道還真不是蓋的。

「抱歉，這種程度實在不可能拜託女生幫忙。」

這也是想當然的。

如果是有在訓練的人就算了，一般女孩子很有可能連手靶一起被踢飛的。

「你從什麼時候開始練的？」

雖然不太清楚明確狀況，不過我認為火川實在強得不得了。

如果沒有扎實的練習，是不可能有這樣的程度。

「應該是從幼稚園吧。」

「什麼？這麼小就開始……？」

真沒想到會是如此出乎意料的答案。

「我老爸也是練空手道的，所以我哥、我姊大家就都有在練，當然不可能只有我選擇不練囉。」

如果是這樣的環境，那也就可以理解。

「不過既然這樣的話，怎麼不進有空手道實力堅強的大學……？」

「對啊，也有人跟我說過，可以透過推薦進近機大學或大商大的。」

「那你為什麼要來唸藝大？而且還參加忍術研究會？」

火川這時沉默了一會兒。

「也不是，就感覺……那樣很無趣。」

「嗯？」

火川搔搔頭。

「不是啊，我家所有人全都練空手道，所有人都是透過體育推薦上大學的，所以聊天的話題，也都只有練習怎麼樣、某某選手好厲害之類的。這種情況，很讓人喘不過氣來吧？」

「嗯，這麼說應該是吧……」

如果是我的話，應該忍耐不了一個禮拜。

「我雖然也喜歡空手道，但是也喜歡動畫和電玩，所以想將這經驗活用在拍攝動作類型電影。於是心一橫來考大藝，而因為考上了就來念，那反正機會難得也就當個忍者！」

這樣啊……

火川竟然也有這樣的經歷。

「原來如此，希望你哪天可以真的拍出那樣的電影。」

「好！到時候橋場也要來幫我！」

如果照著情勢走，他一定會因為空手道這個能力上大學吧。

那樣的人生是好是壞，不是人們可以自己決定的，然而火川在高中生的時候，就對是否該照著走這點感到疑惑，於是選擇了別條道路。

一想到我後悔自己毫不在意、憑感覺所選擇的人生路，結果就像這樣回到十年前，就不禁覺得火川的意志力是多麼地堅定啊。

在這副筋肉組成的身軀之中，也是曾有過迷惘和糾結呢。他在課堂上出乎意料地認真，社團方面或交友也廣闊，不僅僅只是在享受青春而已。

「可是，明明這也是可以拜託忍術研究會的成員幫忙。」

這樣一來，還能有個比我更適合的練習對象。

「嗯，那樣是也可以，但因為也有段時間沒跟你聊天了……其實我真正的想法是，這樣就可以聊聊興趣的東西，像是動畫、電玩或是棒球之類！」

「這些事情隨時都可以找我聊……如果你想來的話，也可以來我住的地方沒關係喔。」

「啊，不，這個就……有一點那個……因為你住的地方不是有女孩子嗎？」

「是啊，不好嗎？」

「呃……就是那個啊，你不會玩成人電子遊戲之類的嗎？」

「喔……咦咦？」

這話題太令人錯愕，害我的回答一時之間梗在喉嚨。原來如此，像那種完全嶄露喜好的內容，要在租屋處進行或許是有點難。如果有朋友來玩的話，奈奈子和志野亞貴就會理所當然地加入一起吧。就連貫之也是，雖然會碎碎唸，但還是會湊過來。

這樣的情況，更別提要玩成人遊戲了。

先不說我會不會打，至少我畢竟是在這產業工作過的人。雖然又愛又恨，但我的確是喜歡的。但話雖如此，這實在無法坦率說出口。

「會、會啊……不常就是了。」

我一這麼回答。

「喔喔，這樣啊！」

火川開心地如此回應，然後握住我的手用力上下搖晃。

不過，喜歡忍者又喜歡成人遊戲的人，絕對也有在玩「唔！殺了我吧！」這種類型的。

有點可憐起他去告白又被甩的女忍者學姊。

「怎麼樣，你喜歡葉鍵的遊戲嗎？還是凌辱系的？」

突然就來了顆直球啊！

「我啊……」

準備回答的瞬間卻為之語塞。

因為現在這裡是二〇〇六年啊，可不能說出還沒有出現的遊戲。

我拚命回想著十年前的遊戲作品。

「呃，那個，我有玩過美畫的遊戲等等，是成戶史郎的腳本。」

灰色相簿二當然不能提，所以就講得稍微含糊一點。

「你是說女僕咖啡帕爾歇嗎！我也喜歡！不過也很好奇B.G.NEO之後的發展！不知道會不會出續集！還有喵喵軟體你覺得怎麼樣？銀完玩得都哭了啊～」

「……我說火川，你是真的很投入在玩耶。」

而且果然喜歡格鬥類型的遊戲。這個部分就如跟預期的一樣。

「對啊！因為十八歲以前都不能玩啊！畢業後就瘋狂玩個不停!!噢～我的判斷果然沒錯，橋場果然是這方面的同伴！」

這到底是什麼同伴啊……不過有能夠聊天的朋友是很珍貴的，這點我當然也明白。

我們就這樣莫名地一直聊二〇〇六年的成人遊戲（稍微偏某人單方面發言），直到天黑。

◇

當天晚上。

我在打工的超商裡，跟奈奈子談到今天的事情（除了成人遊戲）。

「是喔，火川有在練空手道啊。不過畢竟他身材那麼高大嘛。」

奈奈子一邊在櫃台內整理現金，一邊佩服地說著。

「嗯，而且力氣的確也很大。」

「動作武打片電影嗎……如果是像火川的體格，或許滿適合去演的呢。」

沒錯，他的確看起來適合。

「這麼說的話，奈奈子也是……」

很適合當演員不是嗎？正當我想這麼說的時候。

「不要再繼續說下去了喔？知道哦？」

「對、對不起。」

嚴厲的視線瞪了過來，我想都不想就道歉了。這孩子還是一如往常。

「不過，如果之後還是沒有什麼我能做的，就得去找一些以後可以當工作的事情了，畢竟也不能一直在超商打工吧。」

奈奈子有點自嘲地這麼說著。

儘管初次見面時就已經有這樣的感覺，但現在這樣看起來，真的覺得她很漂亮。

為什麼會來讀映像學科呢？

因為實在好奇，我就直接拋出疑問了。

「奈奈子，妳為什麼會來這裡？」

「來這裡？你是指大藝啊？嗯……怎麼說呢，好像也沒有特別的理由……」

微微歪著頭，她沉吟了一會兒才終於開口。

「硬要說的話，就是已經看膩琵琶湖了。」

這回答怎麼說都很莫名。

「琵琶湖？」

「沒錯，我是滋賀縣人，你知道長濱嗎？」

「喔喔，長濱城的那個長濱。記得是秀吉的那個城堡？」

腦中還對高中時代歷史課上老師說的話有印象。記得這個頗具規模的城堡，是秀吉最先築起的一座，好像就是在琵琶湖畔。

「對，就是那個長濱。總之呢，那地方就只有那個城堡。」

奈奈子一臉苦笑。

「我一直到上小學之前，都以為琵琶湖是海。」

「什麼？」

不、不會吧，該說這孩子真的有點傻嗎……

看到我大驚失色的表情，奈奈子則慌忙解釋。

「笨蛋，因為琵琶湖是真的超大的啊！那麼小的小孩看到，就真的會覺得是海，你也是因為知道海是長怎樣才會那樣講啊！」

奈奈子生氣地主張著自己的正當性。

「我、我知道了。那所以，你為什麼會對琵琶湖感到厭倦了呢？」

奈奈子表情恢復正常。

「啊，嗯。就是因為啊，長濱真的是個什～麼都沒有的地方。有一條小小的街道，上面是有一些商店沒錯，但全部就這樣而已。」

她比手畫腳地告訴我老家的街道有多冷清。

「有一間租借光碟的店，但電玩、CD也全部都是在同一間賣，所以都沒有什麼特別的東西，就只有主流商品，而且跟店家訂的話，隨便都要等上一個禮拜。」

唉……她嘆了一口氣。

「大家在那邊出生，也不會搬到太遠的地方，所以才會只抱持著琵琶湖好大的印象，也不知道其他的大海、高山，就這樣生活著。雖然說這樣沒什麼不好……在車站跟朋友分開，剩下我一個人就坐在長凳上發呆，讓時間就這樣過去，這未免太浪費了，於是突然一陣恐懼感湧上……我有點太無所事事了。」

奈奈子看向我。

「所以，我就想說如果能去到大阪的話，應該會有一些有趣的事情。找了一下大學之後，發現大藝大這地方好像很有意思，然後來考試就考上了。」

……這樣啊。

奈奈子說的這些，對我而言也是不能錯過的內容。

不只是有興趣，應該說也很有共鳴。

在我原先度過的那十年，總之就是一個跟感受無關的世界。

或許是太隨波逐流，然而世界一次次往壞的方向運行，等回過神才發現，我已經是哪裡都去不了的軀體了。

所以當時間能夠倒流時，就算是硬來，我還是選擇了可以改變世界的那一條路。

才可以通往能更近距離見識到，奈奈子所說的大海、高山的那個世界。

「那現在……奈奈子就不覺得無所事事了吧？」

「算是吧，在租屋處跟大家相處得很愉快，大學的課程也都奇怪又有趣，至少目前很慶幸有決定來這裡喔。」

但話說到這裡，奈奈子有點眼神死的模樣。

「……不過貫之取笑我有點煩就是了。」

「哈哈……」

上次貫之說的話，我還是不要講好了……

「啊，對了。我都忘記要跟妳討論課業的事情了。」

「噎！對喔，恭也，你有什麼好主意了嗎？」

「不，完全沒有……」

「啊——真是的，有時間講琵琶湖的事情，還不如拿來找靈感！時間、時間……呃……呃……」

幾乎就在奈奈子開始煩惱的同一時間，客人來店的超商叮咚聲響起。

「啊，歡迎光臨——！」

「歡迎光臨！」

奈奈子微笑接待指定要買幾號香菸的客人。

我也因為規定的補貨時間快到了，回到休息室去拿傳票。

「……先這樣，之後再來討論吧。」

「嗯，了解。」

小聲確認之後，兩人暫時先回到工作崗位。

◇

「我回來了。」

打完工後，早上回到了北山共享住宅。

躺在客廳看漫畫的志野亞貴，輕輕地揮了揮手歡迎我回來。

「啊，你回來啦～」

「今天怎麼這麼早？」

高中生就不用說了，大學生早上七點起床還真是稀奇。

尤其是志野亞貴，如果沒有必修課的話，理所當然是睡到中午才起床的。

「就昨天弄到很晚咩，然後就一直沒睡到現在了。」

「喔，原來是這樣……」

如果是這樣的話倒也能理解。

桌上放著志野亞貴自己的漫畫，大約疊了有十本左右。

類型五花八門，有少年漫畫、少女漫畫，也有生活隨筆漫畫等等，真的是各式各樣。

「奈奈子沒有跟你一起回來咩？」

我在志野亞貴的正對面坐下。

「嗯，她要從夜班一路值班到中午，畢竟她是那間店的主戰力。」

不僅對答如流，動作又俐落，再加上又是個美女（而且胸部很大），這樣會變成店裡的人氣王，可以說是非常理所當然的事情。

就連身為老闆的老爺爺，也像自己的孫女一樣疼愛奈奈子。

「哇……奈奈子好能幹揑。」

志野亞貴的雙腳在空中擺盪，同時佩服地這麼說著。

大概是因為自己沒有在打工的關係，她對於工作的人似乎總抱持著敬意。

不只是奈奈子，志野亞貴也常常對我和貫之這麼說。

「對了，恭也同學，作業那個有沒有想到什麼點子？」

「沒有，什麼都還沒想出來。奈奈子是有想了一些，但是沒有什麼好想法。」

「哦，這樣啊。」

志野亞貴坐了起來，雙手往客廳桌子一伸。

「我也一～直在想，可是都沒有想到什麼呢。」

然後，耶嘿地露出天下太平的笑容。

「雖然想說有恭也同學幫我們想就好了，但好像不太順利。」

「這妳得要自己去想才行，畢竟是作業。」

「驚——恭也同學，好嚴格！」

志野亞貴誇張地露出害怕的眼神。

「恭也同學，你真的很有長輩的感覺……」

「唔！」

實際上是沒錯啦……這件事姑且先撇到一邊。

如果已經是第二次的大學生活，很多事情的確是以俯視的角度在看。

「我就是這種個性，應該說很像老頭嗎……」

就在我找理由的時候，志野亞貴又恢復天下太平的笑容。

「看到恭也同學咧，會稍微想起我老家的弟弟喔。」

「弟弟？不是哥哥嗎？」

「對，弟弟也是很認真又可靠的類型，我老是被他提醒捏。」

這說不定是第一次，聽到志野亞貴說起自己老家的事。

沒錯，打從初次見面以來。

「記得妳老家好像是在福岡。」

「對，在西邊，一個叫糸島的地方。」

她用力點點頭。

「說到福岡，或許很多人都會有大城市的印象，不過糸島是一個只有田跟山，非常鄉下的地方喔。而且是以男性為主的社會，像我這樣傻～傻地就常被罵。」

志野亞貴依然一臉無害的表情，繼續講著老家的事情。

「尤其是弟弟對我特別嚴格，很討厭捏。」

但沒想到，講到後來是氣呼呼地嘟起臉頰。

「恭也同學跟我弟比起來，對我講話比較溫柔，所以我很喜歡呦～」

「那、那還真是多謝了。」

我當然知道她這裡說的「喜歡」，不是那個意思。

但即便如此，聽到志野亞貴這麼可愛的女孩子這樣講，全身還是熱了起來。

「而且電車也很少！如果坐過頭，下一班就要等半小時，只能坐在月台椅子上打發捏，很花時間。」

「啊——我懂，因為等電車的時候，時間會過得很慢。」

「嗯嗯，我就因為常常坐過頭，還被站務員記住了……」

這的確很像志野亞貴會做的事。

不禁開始想像她從小時候，就坐在同一張長凳上發呆等待的身影。

「……啊。」

就在我內心描繪那模樣的時候。

奈奈子在打工時告訴我的老家那些日常畫面，同時疊了上來。

我下意識地站了起來。

「恭也同學，你怎麼了？」

志野亞貴的聲音似乎是從很遠的地方傳來。簡直就像自己的腦袋，以更優先的順序傳送著思考指示一樣。

長時間都在那裡的事物，跟時間有關的事物。可以讓許多人利用，分享同一地點、同一時間——

「志野亞貴，我可能想到……好點子了。」

「咦？現在嗎？」

◇

當天晚上。

抓住回到家的奈奈子和貫之，宣布自己想到的點子。

「……因此，我想把故事背景設定在『車站』。」

我如此宣布道。

「車站？為什麼？」

「恭也你是鐵道宅嗎？」

兩名女孩子做出滿頭問號的回應。

貫之沉默地看著這邊，但並非無視我的提議，耳朵似乎也有好好地朝這裡張開聽著。

「那接下來，就讓我來說明原因吧。」

我面對她們，從前情提要開始說起。

「所謂車站這樣的地方，是每個人都會利用的場所，因此畫面只要有最起碼的印象，就可以說明故事發生在什麼地方。簡單來說，不用花時間去說明。由於這次影片的播放時間有限制，這樣的話就正好適合吧？」

要在三分鐘裡，明確交代故事的舞台難度頗高，可以的話，希望盡量簡單解決這部分。

而這一點，如果是像車站這樣的公共場所，只要在開頭呈現招牌就可以說明了。如果拍攝有人在月台等電車的畫面，也可以說明情境。

「妳們兩人不是也對車站有些回憶嗎？」

「嗯啊，印象深刻的事情還滿多的捏。」

「說得也是，聽你這樣講的話……」

兩人都理解似地點點頭。

「然後接下來，希望妳們看看這個。」

我將粗略作好的故事架構給大家看。

故事開頭。車站站務員的視角。

月台上，有一名女孩子揹著小學生書包。

當女孩子在月台上反覆上車、下車的當中，逐漸從少女成長為大人的模樣，最後以變成拄著拐杖，從車站離去的畫面作結束。

畫面從早上開始，最後以傍晚的時間結束。畫面景色與這一名少女的人生重疊，展現時間的流逝。至於以車站為舞台，是因為這個場所與人生有密切的關係，是相當適合作為故事背景的地方。

很多工具可以簡單表現出時間的流動，相關人等也有很多跟時間有關的事情。不過最重要的一點，就是容易塑造故事。

「如何？」

我再次跟大家確認。

「說明之後就很清楚了！我贊成捏～」

「我也是。清楚明瞭這點很不錯。」

這次兩位女孩子給出了好評。

「貫之，你覺得如何？」

我瞄了一眼看他的反應。

貫之依然挽著雙手，沉默以對。

「可以等我一下嗎？」

話一說完，在還沒得到大家答覆之前就站了起來。

「咦？那個，貫之？」

然後就這樣直接走進房間裡。

「那傢伙是發生什麼事了？」

奈奈子不可思議地注視著貫之的房間。

「既然他叫我們等一下，說不定是要去準備什麼捏？」

志野亞貴一副毫不在意的樣子，在手邊的紙張塗鴉著。

「他到底想要做什麼啊？」

任憑我們在這裡想東想西，貫之的房間始終沒有傳來任何一點聲音。

三十分鐘後，貫之從房間裡走了出來。

「……你們看一下。」

他就吐出這麼一句話，然後在桌上放了一張紙。

「這是什麼？」

「劇本。我看了恭也的故事架構之後，簡單地寫了一些看看。」

我拿起紙張讀著。

就如同貫之所說的，這是按照我的故事架構所寫下的劇本。

雖然說是故事架構，但我給大家看的不過就幾行像筆記一樣的東西。

而貫之所寫的內容，卻是衍生出詳細情境和畫面說明，甚至連人物角色設定和台詞都有寫出來，變成相當清楚易懂的東西。

（這個只花三十分鐘就寫出來了嗎……）

如果是看了故事架構之後才寫的，那速度可真的是很快了。這也只是他一部分的能力而已嗎？

「貫之，你這個是……」

我看完後如此向他詢問，貫之露出難以言喻的表情說道：

「本來想說沒有什麼好點子的話，就先寫一些東西出來。然後現在整理成這樣。」

果然，貫之……好厲害啊。

奈奈子從我手中抽走寫有劇本的紙張。

「嗯嗯，貫之是怎麼寫女生的台詞的？我好奇喔。」

奈奈子沒有把紙還給貫之，而是傳給志野亞貴。

「像這種資訊得分享給所有組員啊～對吧，志野亞貴？」

志野亞貴接過紙張後，認真讀了起來。

「……嗯，嗯。」

「快點，志野亞貴妳也說說他，說貫之都寫一些不合適的東西。」

志野亞貴抬起頭。

「感覺這個可以做出有趣的東西捏！」

「噎……？」

奈奈子被那出乎預料的反應嚇到，志野亞貴則邊認同地點頭邊看著劇本。

「每個場景代表的意義不同，所以每個畫面內容也得仔細思考才行，感覺很值得做做看捏～」

奈奈子有點無趣似地說：

「好、好啦，無論如何貫之就是做了還不錯的內容吧？那這樣，就得請貫之寫出詳細的完成版囉。」

奈奈子打從鼻子哼了一聲，挑釁地朝貫之笑了笑。

「這個嘛，接下來會怎樣得寫寫看才知道。」

「咦？喔，嗯，那就加油吧……」

跟往常不同，貫之沒有回嘴，

大概是很意外貫之沒有像平常一樣回嘴吧，奈奈子的挖苦也就虎頭蛇尾地結束。

「好期待劇本完成捏～」

一邊聽著大家東聊西扯，我一邊對貫之投以尊敬的眼神。

（貫之果然很厲害……好厲害啊。）

竟然可以把內容建構得如此完整，並在那麼短的時間內寫出台詞。

我再次深切感受到他的才能。

◇

眼看時間已經晚了，大夥兒就姑且先解散，就在我準備爬上二樓的時候，貫之叫住了我。

「欸，恭也。」

我一回頭，就見貫之以嚴肅的目光看著我。

「你是怎麼想出車站這個做法的？」

「怎麼想出啊……」

我只是聽了奈奈子和志野亞貴的話，再從想到的畫面思考而已。

除此之外，沒有什麼特殊的原因。

「我跟她們兩人聊天的時候，她們提到了老家的事情。然後女孩子與車站的畫面就啪地浮現腦海，透過那些畫面，我再想將一些需要添加的元素，大概是像這樣的感覺吧。」

我大致上說明了一遍。

「……這樣啊。」

貫之朝我遞出一張便條紙。

「這什麼？」

「你看一下。」

便條紙上似乎寫著什麼故事。

背景設定在車站，故事從早上開始到傍晚結束，藉此描繪一名女性一生的內容。

這樣的設定和登場人物，簡直就是……

我露出震驚的表情看向貫之，只見他點點頭。

「是的，就跟你剛剛說的想法幾乎一模一樣。」

這個筆記明顯是很久以前寫的，泛黃的紙張告訴我，這並不是剛才聽了之後才寫下來的東西。

「因為希望哪天可以寫出小說，所以總會隨手留下這樣的筆記。」

我看完紙條後驚恐地還回去，貫之接過的同時，回想起什麼似地說道：

「這個也是其中之一，大概是兩、三年前寫的東西，一直保存到現在。」

「我、我並沒有做偷看這種事……」

「啊，那是不可能的。因為這紙條我都隨身攜帶，沒有要懷疑你的意思。只是……」

貫之的視線，彷彿像是在看什麼無可預測的物體般射了過來。

「明明不可能看過，但你卻提出了跟這紙條上幾乎完全一樣的想法。」

我的記憶開始逐漸鮮明了起來。

對了，當時決定以車站為故事背景的時候，應該是有個莫名清楚的情境浮現腦海才對。

因為那是我實際讀過的……

「因為實在太雷同了，我也不方便提出自己的點子。只是很在意好像自己的想像被奪走了一樣，想要重新拿回來，才會拚命地寫下這些台詞。」

貫之第一次露出這樣的表情。

好像有點膽怯，好像有點無助，難以形容的表情，毫不保留地在我面前展露。

「告訴我，這是碰巧嗎？還是說你有什麼……」

我知道自己的心臟正像雷鳴一般激烈跳動著。

記得那好像是某個短篇集裡的故事。

以車站為故事背景的小說，描寫女性一生的作品。情境描寫得細膩又美麗，簡直就像是由女性作家執筆的風格。

我是在二〇一四年讀到這故事，如果考慮到寫書的時間點，就算貫之是那故事的作者也一點都不奇怪。

「那、那個……」

說不出完整句子，現在要說是巧合也覺得很不自然。

應該說實話嗎？但時光倒流這種事太誇張，說出來的結果只會被人家當成腦袋有問題吧。

就在我已經想到這些的時候，下一秒。

「真的很難想像，對吧。」

貫之這時呵呵地笑出來。

「老實說，我本來覺得這個組裡沒有人會想這些事情。」

「……你是指剛才那點子的事情嗎？」

「對啊。」

貫之點點頭。

「如果是車站的話，包括人物的行動和在那裡會引發的現象等等，不管是就題目或題材來講，時間算是一個容易表現的東西。」

他有條有理地述說著，車站這樣的地方在戲劇當中的功能。

「不過，這是有興趣去了解的人才可能想得到的東西，所以我聽到恭也說要用車站作為舞台的時候，內心真的超～驚訝的。」

貫之的聲音帶著熱切，跟平常懶洋洋的他明顯判若兩人。

「我喜歡想故事內容，至今不管是電影、小說或是漫畫，只要時間跟金錢許可就都會盡量去看。然後為了想學習更多，才會來這間大學念書。」

貫之的那些知識，果然是有這些東西在背後撐起來的。

「可是實際進到學校之後，很少人討論劇本或故事，就算有也是像河瀨川那種恐怖的女生之類的，沒有人可以輕鬆交流。就連聽到作業的時候也一樣，我還驕傲地想說就隨便找個題材，讓我來主導就好了。」

貫之一口氣講了這麼多之後，看著我微微一笑。

「可是，聽到剛剛恭也的說明之後，我便覺得如果是跟這傢伙一起的話，應該可以做出什麼有趣的東西吧。」

然後，他看著手上的紙張。

「……但是，因為實在很在意這件事。畢竟這不像你，要說恰巧也真的是太過雷同了。我就想說還是來問問看……不過，這很明顯就是偶然，抱歉，你就忘了這件事吧。」

「不，別這麼說。」

反而那不是偶然的可能性還比較高呢。

「總之就是因為這樣，既然機會難得，我們就做出個好東西吧。我會寫出好劇本的，就拜託你好好盯緊製作那邊了。」

「嗯、嗯，我知道了，我答應你。」

「我只是想說這些，那就這樣。」

不曉得貫之是不好意思，還是真的就只想說這些，他很快地就回到自己房間了。

我爬樓梯爬到一半停了下來，死命壓抑著胸口的劇烈心跳聲。

（貫之……究竟是何方神聖……）

當時我讀過的作家並不多。

雖然喜歡看書，也不只限於輕小說，不過並沒有像電玩那麼熱衷，口袋也不夠深，只有買一些喜歡的作家出的書。那個短篇集當然也是如此。

我無法清楚回憶起作者名，但是腦海中浮現的幾個名單當中，有某個名字。

川越京一。

（會是貫之嗎……有可能嗎？）

就可能性來說非常高。川越京一不只寫輕小說，懸疑和浪漫等類型的一般文藝作品也有，短篇小說也因為個人喜好而滿常寫的。

只不過，有一點跟志野亞貴不一樣，就是他的筆名跟本名毫無共通點，也沒有其他線索可循。只是因為他想當作家就看作同一人，這證據未免太薄弱。

如果能有一個明確的事證就好了。

「做了對貫之很抱歉的事情……」

雖然說是不知情，但我還是把未來的點子拉進來用了。

並且說不定會因為這樣，奪走一個貫之醞釀已久的題材。

「不過，這也不是犯什麼罪……吧……」

就算得用上來自未來的好處也想努力向前邁進，擁有這十年份的經驗，的確也是我少數的優勢。

我當然會反省，但也不能因此受限太多。

「就是因為這樣，我得更努力學習才行……」

我進到房間，把影像表現技法工具書拿出來。

除了因為受到貫之拜託，分擔一部分導演的職務之外，製作以外的事情我也得好好了解才行。

由於企劃也已經確定下來，我開始湧上幹勁。

——但是。

沒過多久之後，這股幹勁便脆弱地瓦解了。

第四章　學習創作這件事

企劃案順利提出。

老師也很快地就做出ＧＯ的指示，我們於是開始真正進入製作階段。

一開始最需要的當然就是劇本，然後是分鏡圖。

無論是貫之或志野亞貴，都認真地投入各自份內的工作，雖然有不順手的地方，也會大家一起討論，謹慎地重新修正草稿。

接著就在一個月後。

我對著志野亞貴交出的分鏡圖，以及貫之暫放在我這裡的劇本，不停地哀號著。

「……不行……長度對不起來……」

貫之寫好的完成版劇本，相當地精彩。

在某個鄉下地方住著一名女孩子，從那名女孩子小時候的鏡頭開始，然後從最近的車站搭上電車後，場景轉為中午。

電車駛入月台時就是下一幕的開始，女孩子則變成穿著水手服的少女。並讓她帶同一款髮飾，好讓觀眾明白這是同一個人。

接著畫面轉變為夕陽、傍晚，最後女性變成拄著拐杖的老婦，離開車站做為影片的尾聲。

跟站務員講話那幕的台詞令人印象深刻，故事情節也設計得很完整。

另一方面，志野亞貴也順利地完成了分鏡圖。她充分活用最近上課學到的內容，像是動作的連貫性和假想線，還有每一幕的內容也相當緊湊。但是……

「這得用掉太多……時間了。」

沒錯，我說的就是這些內容。

無疑難以塞進三分鐘內。

在貫之寫的劇本中，他想讓登場人物說的台詞一句又一句，明顯失去了時間的流動感覺。

所以不管志野亞貴再怎麼厲害，如果是參考原本份量就已經過多的劇本來畫，要在分鏡圖的部分調整時間，實在是勉強的要求。

由於兩人交來的內容都太精彩了，很難強行做調整，但如果一定要我提出修改的話，還是得從貫之的劇本著手吧。

「得削減一些才行……不過這種事適合讓我來說嗎？」

眼前面對如此的才華，我有說話的資格嗎？

我曾經在以前的工作場合看過。

有能力的人們被那些沒有能力又考慮不周的傢伙拖累，導致就算是做一些好作品，依然是逐漸走向崩壞。

如果繼續這樣下去，說不定我會變成那樣的人。

「可是，不去執行的話……也無法完成啊。」

儘管內心的沉重難以言喻，但也只能硬著頭皮去做。

◇

下一堂綜合實習一的上課內容是要去勘察場地，簡稱勘景。

所謂的勘景，就是當需要拍攝外景時，得步行尋找與劇情內容相符的場景。

因此，我們一行人在上午十點來到南海高野縣的上古澤站。

「哇，天氣好好捏～」

志野亞貴大大地伸了個懶腰，下車到月台上。

「太陽真大，這下可得注意別晒黑了……」

今天奈奈子撐著洋傘，一副女演員的架式。

因為如果晒黑了，拍攝時給人的感覺就會變得不一樣。

本來應該要分成好幾次拍攝，但因為我們只是小規模的業餘者，所以就像遠足一樣全體出動了。

「哦，好像不錯耶？跟想像中的感覺很接近，恭也果然有一套！」

貫之很開心的樣子，對著從後頭走來的笑道。

「嗯，對啊……」

在這樣的遠足氣氛中，只有我一個人帶著憂鬱的表情。

因為我已經知道，等在後頭的活動無疑會攻擊我的腸胃。

勘景進行得相當順利。

不僅是第一印象就跟想像中的感覺相符，場景本身也沒有特別格格不入的地方。

但是，大致上都結束之後，我們來到喜志站前的家庭餐廳開會，就如同原先所想，從一開頭就被凝重的空氣籠罩。

「你要我刪減內容？」

聽到貫之的問話，我嚥了嚥口水。

「如果要照目前這樣的內容去拍，會超過時間的。」

「你說超過的意思是，沒辦法在三分鐘內嗎？」

「……嗯。」

志野亞貴也好，奈奈子也好，都因為這不尋常的氣氛而陷入沉默。

「總而言之，想拜託你再重新修改一下。」

貫之聽了之後。

「……我不想刪減耶。」

一句話就回絕了我的請求。

明顯感覺到話語中隱隱帶著尖銳。

「怎、怎麼這樣……」

如果這是有報酬的生意，他可能就不會把話說得這麼明白，但可惜這不是。

突然就碰了一鼻子灰，讓我比預期得更加不安了。

「不是啊，恭也，我不是故意什麼都要反對。」

大概是看到我的反應，貫之嘆了口氣的同時開口說道：

「只不過，那個劇本是我腦袋燒了好幾天才寫出來的，現在你說會超過時間，我也沒辦法立刻說『好，我知道了』，然後馬上刪除吧？」

「嗯。」

「所以你再說明詳細一點，如果我全部聽過一遍之後，可以理解的話……我會好好照你說的去做。」

「……我明白了。」

照目前的內容來看，不管再怎麼安排都會超出時間的。

由於要拍的畫面很多，光是拍攝外景就很需要時間了。

再加上還要經過剪接的這道手續，負擔就會更重而不切實際。

我本來是打算一項一項仔細說明的。

但是。

「可是基本上是不是真的會超出時間，不實際拍攝看看也不知道吧？」

「不，我當然是用碼表測過時間的。而且不是只有差一點點，是超出很多，所以我才……」

「這得問問看志野亞貴才知道吧？志野亞貴，怎麼樣？這樣的內容拍起來會超出時間嗎？」

「嗯……很難說捏，不過好像有點太長嚕。」

「看吧！她說有點不是而已嗎？既然這樣，我們可以在剪接的時候想辦法調整吧。」

「就、就說不行啊，剪接也要精準計算到某種程度才能去處理，沒有先規劃好就做的話……」

「那不然台詞念快一點？奈奈子做得到嗎？」

「是做得到啊……但是，這樣可以解決得了問題嗎？」

「這樣就可以縮短時間吧？」

「可以是可以……但是光這樣沒有太大的幫助啊。」

「所以我才說不先做做看怎麼會知道！就算超出一點時間好了，如果作品夠好的話，還是可以交出去的吧？就乾脆直接做做看嘛，好不好？」

貫之的語氣漸漸煩躁了起來。

我幾乎快要被說服。

（怎麼辦……要是在這裡對超出時間這點妥協的話，就很有可能讓一切事情都變成毫無限制了。）

「而、而且……」

就在這時，我想出說服貫之的理由。

可是……不曉得這種理由是否可以獲得他的認同？

不，總之先以完成作品為目的。貫之現在也很激動，沒有退路。當務之急是先收拾眼前的局面。

「這畢竟是作業，如果不照規定來做的話，沒有辦法獲得分數喔。」

貫之的臉頰抽動了一下。

「是這樣嗎？」

我沒有騙人，資料上明確地寫著三分鐘內。

實際上，應該不會嚴格到那種地步。我也覺得只是超過幾秒鐘，不至於會被評為不及格。可是，我並沒有騙人。

對現在的我來說，手上並沒有更具攻擊力的王牌。

「唔、嗯……而且也有可能發生作品不被接受的情況。」

「……」

貫之陷入沉默。

我們也同樣陷入沉默。

時間差不多來到傍晚，家庭餐廳因為開始有國高中生進來而變得吵雜。

即便如此，我們座位這裡依然始終籠罩著沉默。

大概過了有十五分鐘吧。

「……我實在不能接受。但是……」

貫之站了起來，轉身背對我。

「如果作品不能獲得好評就沒有意義。好吧，我就來刪減吧。」

「謝謝你，貫……」

貫之打斷我的話說：

「不過，我還以為你會說出更有說服力的理由。」

「啊……」

「你那個回答……真沒意思。」

他說完之後，就這樣直接走出餐廳。

「……」

我說不出話來。

「貫之也用不著這樣講話吧……」

「別說了，奈奈子。」

我無法反駁，他說得沒錯。

因為是作業，因為是規定。

既然這樣的話，還不如一開始就不要答應他要做出好作品。

就按照貫之當初說得那樣，依作業要求做個差不多的成品就好，還比較不會有所期待。

「恭也同學……」

志野亞貴擔心地開口，然而我連一絲回應的氣力都沒有了。

◇

六月。大藝這裡一直處於悶熱的狀態。

包括美術研究會在內的文化類型社辦大樓，並沒有冷氣這種令人感激涕零的設備，全是仰賴電風扇。

我從幾天前就一直泡在裡頭。

「喂，阿橋，我們來猜拳，看誰去買寶礦力水得和洋芋片好不好？」

打赤膊癱坐在椅子上的桐生學長，這麼對我說道。

「……我不要。」

「喔……好吧。」

社辦角落有個鋪榻榻米的空間，約一坪大左右。

我躺在上面，不停地動來動去。

「唉……」

在有如速射砲般的蟬鳴聲和炙熱陽光下，讓人就算躺著，體力仍毫不留情地被奪走。

光是精神方面就已經很萎靡，甚至連體力都要拿走嗎？可以容許這麼過分的事情嗎？

今天只有第一節有課，也不用打工，我就一直這樣無所事事。

「阿橋，你會看動畫嗎？」

「先不說那個，我的綽號就這樣定下來了嗎？」

「不喜歡啊？」

「也不會。還有就是我喜歡看動畫，非常喜歡。」

甚至要說曾在某個時期，只有深夜動畫是我的救贖也一點都不誇張。啊啊，我回想起那個替公司賣命的時候。

「那我們就來隨便看點什麼吧……」

在這個悶熱的房間裡

他打開似乎會讓這個悶熱的房間，溫度更上升的映像管電視。

桐升學長拿出ＤＶＤ，放進布滿灰塵的播放器中。

令人懷念的傳統四比三畫面上，播映出同樣令人懷念的作品。

「你知道這部嗎？《雲之盡頭，約定之地》。」

「知道啊，當然。《星之上》我也有看。」

話說回來，我怎麼可能不知道。十年後，那個導演可變成了不起的大人物呢。

「真的很厲害對吧，個人獨立製作動畫，這沒有人學得來的。」

在映像管電視那有些模糊的畫面上，我看到了美麗的白雲景象。

十年前。改寫日本電影史紀錄的暢銷大作，當然還沒出現在這個世界上。那位導演獨自一人孜孜不倦地奮鬥並追逐夢想，十年後終於讓他抓住機會。

相較之下，縱然我獲得了難以想像的幸運，卻早在一開始就已經快要摔大跤了。

「桐生學長喜歡看動畫啊。」

「因為深夜修照片之類的時候，時間會比較空。一上大學，我就好像中毒似地一直看。」

這麼說起來，記得他好像提過是寫真學科的樣子。

「果然還是現在播的這部跟涼宮春日最好看。京都動畫超厲害的，可以將原著做成非常棒的動畫！」

對喔，《中二病》和《吹響吧》好像還要很久以後才會出。

「話說回來，映像學科好像出了不少動漫名人對吧？阿橋有想朝那方面去做嗎？」

「主修中並沒有動畫這門，基本上好像到三年級才可以選。」

映像學科到大三的時候會分主修類別，有電影、影像和廣告三種。

「原來是這樣，本來想說如果阿橋變成大導演，我就有很多事情可以拿來炫耀了說……」

炫耀……

可是我本來就不是導演，而且好像也無法變得出名……

要成為桐生學長期待的人才，好像還滿困難的。

「阿橋要是對照相機有任何想問的，都可以隨時找我！因為這樣，未來我就可以把『他對於照相機的了解，其實通通都是我告訴他的』這句話當賣點！」

「哈哈……好啊，到時候就拜託了。」

那個到時候，恐怕這一輩子都不會有吧。

◇

結果，從下午到晚上的這段時間，變成了動畫馬拉松。

中途還加入了樋山學姊，為了機動警察劇場版一還是二比較好而吵成一團，眼見一發不可收拾，我就自己回家了。

「咦……火山？」

眼前一名彷彿某格鬥遊戲主角，穿著空手道服的高大男性，背對著夕陽走了過來。

「喲！這不是橋場嗎！」

一注意到我便嶄露笑容，現出一口漂亮的牙齒。

「你今天沒有穿忍者服耶。」

「是啊，等一下要去教柔道課，所以我就換了衣服。」

「教課……？」

「對啊，我有在小學教空手道，這個打工還滿不錯的喔！」

他還有在教課啊？

不過，能有一技之長是好事，可以擁有各種機會。

「教小學生很好喔！只要小露一手，他們就會無條件地尊敬你！而且小女生都會很崇拜你，嘎哈哈！不過我喜歡熟女，所以沒什麼意義就是了！」

突然就這樣曝露自己的癖好。不然要是他說幼女的話，我早就報警了。

「對了還有，我得謝謝上次你陪我練習才行。」

「就說不用了，沒什麼。」

「這怎麼可以，人情一定要還啊！如果你有任何需要幫忙的跟我說，我基本上都可以幫你！」

火川揚起右拳道別後離開。

「那傢伙……好像過得挺開心的。」

雖然說不上來是怎樣，但火川似乎在以學校為中心的世界裡，已經找到了屬於自己的定位。

然而看看自己，不要說那種象徵性的定位了，就連在實際相處上的人際關係都還不甚有把握。

哪天應該可以會有的吧。

回到租屋處，我打開門。

「我回來了……」

「啊，恭也同學你回來啦～」

志野亞貴在客廳進行畫著分鏡圖。

「怎麼，妳是在這裡做啊？」

「嗯，在房間不知道怎樣都畫不出想要的東西，如果在這邊的話，要問貫之或你都比較方面咩。」

聽到貫之這個名字時，內心緊縮了一下。

「……貫之今天有回來嗎？」

志野亞貴搖搖頭。

「最近都沒有回家捏，偶爾我會給他看一下分鏡圖，他就只有說『照妳的想法做就好』。」

「這樣啊……」

果然還是很在意那次的事情吧。

自從那天開會以來，我幾乎就沒有再跟貫之見過面。不僅尷尬，也找不到打破僵局的方法。

「恭也你……只是做自己該做的事情而已咩，不要放心上喔？」

「嗯，謝謝……」

志野亞貴如此鼓勵著我。

可是，我還是對貫之有深深的愧疚。

「難道要持續這樣到開拍嗎……」

帶著沉重的心情，我回到了自己房間。

在這之後，我和貫之依然維持著這樣尷尬的關係。

而因為我被拍攝相關準備追著跑，所以與貫之又更加疏遠了。

六月底。我趁星期一綜合實習課的時間，獨自外出去申請拍攝許可。

只是要去將資料給電鐵公司而已，因為他們負責管轄勘景時找好的那個車站。

為了要去那間公司所在的難波站，我來到近鐵南長野線喜志站月台，就在這個時候。

「咦……你是那個毫不起眼、黯淡無光的橋場恭也！」

「怎麼覺得妳的形容詞又增加了？」

突然莫名敵視起我的河瀨川英子，也在同方向路線的月台上。

而且偏偏麻煩的是，還跟我碰個正著。

「幹麼一臉遇上麻煩的表情！我也不想好嗎！」

「不要揣測別人的心情，拜託！」

話雖如此，畢竟我們還是同年級又同一學科，在這沒有智慧手機可打發時間的時代，也只能搭上同班電車一起坐。

縱使電車上沒什麼人，我們還是刻意中間隔一個空位坐下。

「……所以你為什麼上課時外出？突然想蹺課？還是說現在才要去勘景？」

「怎麼可能……已經勘完景了，想說要來申請拍攝許可。」

我一這麼回答，河瀨川便露出驚訝的表情。

「申請拍攝許可……？如果你要在路上拍攝的話，只要在區公所申請不就好了？」

「可是因為我們這組是要在車站拍，所以得去電鐵總公司申請。」

河瀨川一聽，便從座位上站了起來。

「啊!?你們也是車站？怎麼會？為什麼!!」

「哇，好啦，妳冷靜點！我們在電車裡耶!?」

我趕緊提醒突然大叫出聲的河瀨川。

河瀨川察覺到乘客的視線都投射過來時，輕輕地「啊！」了一聲後，抱歉地坐回位置。

「河瀨川也是來申請許可的嗎？」

「對啊，不行嗎？」

我又沒有這麼說……

「……所以你們要在車站拍攝，是誰想出來的點子？是那個看起來不太正經的鹿苑寺貫之？」

「算是吧，不過一開始可以說是我們兩個同時想到的感覺。」

「咦？是你想到這個……」

「嗯。」

我一這麼回答，河瀨川瞬間露出驚愕，隨即又一副莫名嚴肅的表情。

「……所以你今天才會來申請。」

「是啊，我事先已經調查過了，這到時候當然是一定會需要的。」

「光是有這樣的認知就很厲害了」

河瀨川重重嘆了口氣。

「咦？」

「沒事。你資料已經寫好了嗎？」

「基本上都寫好了。」

「可以借我看一下嗎？」

我順從地將資料交給她。

如果按照剛才的情況發展下去，我還以為她一拿到的瞬間，就會撕個稀巴爛，但沒想到並沒有發生這種事，河瀨川意外地看得相當仔細。

「這裡和這裡沒有蓋印章喔，還有這邊也要寫地址。」

「啊，那邊也要啊，我漏掉了。」

「還有這裡，得附上圖解說明拍攝場景才行。場景是在月台上嗎？」

「嗯，基本上是月台、車站前和站內吧。」

「那麼，月台的部分就需要詳細說明。比如攝影機要擺在哪裡，還有拍攝時間等等。可以的話，最好能搭配分鏡圖的編號提供對照。」

接下來的時間，河瀨川仍繼續詳細指出資料上不齊全的部分。

大概都看過之後。

「謝謝妳，真的是幫了個大忙。」

我衷心地向她道謝。

「才、才不是這樣。要是這種地方沒處理好，會影響整間大學的評價，甚至拿不到許可……我是因為這樣才幫忙，而且……上次你也幫我讀了簡訊。」

河瀨川困窘地否定。

「不，本來妳就沒有義務要告訴我這些的，多虧有妳的幫忙。哪天我一定會還妳這個人情的。」

我沒多想便這麼說出口。

「……那就來當我們組的製作啊……」

卻聽到這個意想不到的回答。

「咦？妳說什麼？」

「你啊，明明就聽得很清楚才會這麼問的，不要說得好像沒聽到一樣！」

「抱、抱歉，因為我想說都會這樣接話。」

所以這個時候，還不流行輕小說主角的反應是吧。

……這麼說來，記得河瀨川堅持一定要當導演，甚至不惜大吵一架。

可是現在，她卻明顯是在做「製作」的工作。

「我問妳，為什麼是妳來申……」

話才講到一半，河瀨川像打斷我的話一樣說道：

「我有說啊！我說這絕對是需要申請，趕快去做！可是那些傢伙都隨隨便便，說什麼『偷偷拍就好了』、『突襲拍攝好像也很有趣』……事情根本沒處理，所以我就拿過來自己做。」

她激動地一口氣說完，臉上帶著略顯難過的表情。

「……真的是什麼都不懂。」

大嘆一口氣的同時，如此喃喃低語道。

「好辛苦……」

河瀨川在分組的時候大聲嚷嚷，老實說我當下覺得她有令人頭痛。

不過這樣聽下來，我感覺她就只是純粹很認真又嚴肅地看待影片這件事，也因為這樣嘴巴才會那麼不饒人。

「……反正就是這樣，所以如果有什麼需要的，拜託你幫我一下吧。」

「唔、嗯……如果有我幫得上忙的。雖然說像我這樣，也不知道有什麼用處就是了。」

「喔？你好像沒什麼自信，明明做事情看起來還滿可靠的。」

「才沒有呢……」

不知道為什麼，我對河瀨川說出了自己的煩惱。

因為莫名地覺得是她的話，應該願意聽我說。

「真是無聊的煩惱耶。」

聽到我內心的想法，河瀨川不客氣地拋下這麼一句。

「會嗎……但我還滿傷腦筋的耶。」

「可是你面對自己的職責，不是很認真地在處理嗎？就算結果是吵架又怎麼樣，只要抬頭挺胸地堅持自己沒錯不就好了。要是一直擔心說不定是我錯了……只會讓對方更煩躁而已。」

哼……呼吸顯得暴躁，河瀨川挽著雙手，身體也往前探。

她說的或許沒錯。

但是我……還沒有可以把話說得那麼肯定的自信和決心。

多虧加上了河瀨川的幫忙，向電鐵遞交的申請順利被受理了。

在服務台道過謝之後環顧四周，已經沒看到她人了。

不過，才剛交換聯絡方式的手機裡，傳來了一封『如果還有什麼不知道的再問我（生氣的表情符號）』的訊息。

「看來河瀨川……會傳簡訊了呢。」

我不禁有點開心。

◇

這天傍晚，我在上課一結束就前往映像研究室。

因為要去交拍攝申請資料的影本，以及報告拍攝計畫。

「加納老師應該等一下就上完課了，你要不要先坐那邊等？」

助理小姐請我進到研究室裡。

我順著她的指示坐到沙發上，因為也沒有其他事可做，便毫無顧慮地打量起室內。

「好多各式各樣的東西喔……」

之前來報告分好組的事情時並沒有注意到，但這回再仔細看，便發現這房間密密麻麻地塞了很多東西。

無數的獎盃、獎牌和獎狀凌亂地堆著，還有好幾個裝電影膠捲的鐵盒。錄影帶的數量更是不計其數，但VHS意外地少，都是一些規格看都沒看過的影帶堆得像山一樣。

眼前會客用的桌子上，也堆疊著許多看似學生寫的劇本。大概是看到一半吧，上面還貼著許多便利貼。

「……進展得如何？有好好地在進行嗎？」

「嚇、嚇死我了!!」

突然耳邊傳來問話，害我嚇得跳起來。

「老、老師！……回來了啊？」

「我從剛剛就在了，但看你一副很好奇的模樣觀察著房間，就想說不要吵你。」

連同自己的在內，老師將兩杯咖啡放到了桌上。

然後，在我正對面坐下。

「怎麼樣，今天有什麼事？」

新生說明會那天也見識到的美腿就在眼前交叉，老師看著我。

「是這樣的，我來交拍攝許可的資料，並且要報告已經收到核可了。」

我向老師報告，拍攝日期、場景內容和所需時間等等。

老師也問了我幾個問題，不過因為先前河瀨川也有問過，因此輕鬆地就可以做出回答。

「既然有事先按照規矩申請，稍微有些更動我是不會說什麼的，能先做好準備很用心喔。」

「哪裡，謝謝老師。」

我只是做自己該做的，並不是什麼值得稱讚的事。

而且最重要的是，我真的很在意貫之的情況，心裡一直惦記著。

「橋場，你一臉悶悶不樂的樣子，有遇到什麼問題嗎？」

「咦？」

「就是在這個工作上，應該會有一、兩個棘手的問題吧。如果想談的話可以說說看，如何？」

不曉得是善意還是從臉色看出端倪，連志野亞貴也擔心我，或許我應該更學會隱藏的，不過這姑且先不談。

像這種時候，就會覺得跟身邊經驗豐富的人談談也不錯。我也有跟河瀨川談過，感覺內心的糾結多少解開了一點。

「就是……對於自己的職務有些迷惘的地方。」

「職務？是喔？」

「有一個很好的劇本，但因為可能會有點超出時間，所以製作就要求修正，不知這樣對還不對……」

老師認真地聽著我拙劣的說明。

「就算我是製作，但因為我一個人的想法就摧毀大家的作品，這樣實在很可怕。」

好不容易聽我說完了，老師用力點點並開口說：

「記得我之前跟你說過，製作並不是消去法吧？」

我記得，也記得自己為此感到困惑。

「是的。」

「我來告訴你原因吧。」

老師站了起來，從辦公桌抓了一疊資料，重重地放到會客桌上。

「啊，你不要看內容喔，畢竟這也算是個人隱私。」

「這些是什麼？」

「其他組負責製作的同學的抱怨。」

「抱怨……？」

「比如大家都不聽自己的意見，或是不聽命令該怎麼辦之類的，通通都是來講這些的。」

老師嘆了一口氣，無奈地聳了聳肩。

「可是你的做法不一樣，不會突然要組員聽你的，而是想盡量不要破壞別人的心血吧?應該是有去努力說服，可是進展不順利，然後才來找人商量。」

老師微微一笑。

「這點就製作的工作來說，是非常重要的喔。」

我搖了搖頭。

「……可是，我的確是破壞了他出色的劇本。」

「破壞?還沒開拍的東西怎麼會說破壞。」

老師從桌上拿起一本劇本，朝我的喉頭處遞出。

「這是劇本，印成書並蓋有定稿的章。以劇本來看，這才能說是完成版吧。」

劇本再次被放回桌上。

「……可是，這並不是影像成品。怎麼說都是零件，只是架構的其中之一而已。」

老師伸手拿起咖啡杯，簡直像在喝水還果汁一樣猛烈。

「不冷不熱的。」

她皺著眉頭，放下杯子。

「所謂的影像作品，是要完成之後才有各種評價的。在還沒有做出來之前就說破壞或什麼的，其實就是作品還未成型才會這樣。」

「可、可是……」

「如果真的要想成是負面的，那就為了他努力做好你可以做的部分。盡力完成身為製作該做的工作，這就是你所能做到最好的事。你不覺得嗎？」

「唔……」

妥協、放棄，這些話語於腦海中復甦。

總覺得老師說的話，跟河瀨川說的好像很接近……

「橋場，你覺得製作是一門怎樣的工作？」

「怎樣的工作啊……就像老師在課堂上說的，像是打雜或是擦屁股之類的。」

我一這麼回答，老師便呵呵笑道：

「你沒有答錯，但不是這樣的。那只是表面而已，不過你的坦率還真是個優點。」

老師的口氣聽來，彷彿笑意中帶有些傻眼。

「好好想一想吧，在製作這個工作當中，最重要的是『堅持到最後』。」

「堅持……？」

「就像我剛說的，影像作品的命運，就是完成並公開之後，在觀眾面前接受指教，承受各種批評。完成後，一直抱怨什麼因意外狀況而未能如預期，或是觀眾看不懂之類的都沒有意義。」

「所以身為製作，就是直到作品完成前，都要想方設法地努力為了讓作品更好。

如果沒有演員就去找，如果工作人員跑掉了就自己來，從擺平拍攝現場的難搞老頭，到為了祈雨求神拜佛，總之所有能做的事情都要做，這就是製作的職責。」

「好、好的。」

「如果製作放棄了，那現場等於就是完了。可是，只要製作繼續說『還可以做下去』，那拍攝工作就可以持續。所謂的擦屁股，也是包含在這當中。」

老師忽然間笑了開來。

「如果就抱著執念，對作品堅持到最後的這點來看，製作可以說比任何人更有創作者的倔強吧，製作也是偉大的創作者。不對，所有跟影像工作有關的人都是這樣的，沒有職務之分。」

「所有人嗎……」

我回想起做遊戲的那段時光。

跟那些名字寫在上面並大受歡迎的原畫師、作者相較之下，監製和幕後的工作人員都只有付出勞力的份。

不僅默默無名，還會遭遇很多困難。

明明就不是自己造成的，卻唯獨配合敷衍收拾這種事會落在自己頭上。

就算是這樣立場的人也包含在內嗎？

面對這樣的疑問，老師一派輕鬆地回答：

「是啊，所有相關的人都是創作者喔。」

眼窩深處頓時一熱，我死命地忍住，不想讓該處湧現的東西流出。

這是救贖的話語。

我的角色似乎微不足道，就只有負責除汙去垢的意義，或許這種工作人員的性質，始終擺脫不了比較負面的印象。

但並不是這樣的。如果是站在創作的立場，就意義上來說，並沒有孰優孰劣之分。不管缺了誰，作品都不能完成，沒有人是多餘的存在。老師的一句話，讓我明白了這件事。

這想法不僅救了現在的我，似乎也拯救了十年後的我。

「你在發什麼呆？」

老師笑著輕輕彈了下我的額頭，再次坐回沙發。

「我要說的就這樣。」

老師應該跟我原本的年紀相當，可是看起來卻非常成熟。這是來自於經驗的差異嗎？

我什麼話都說不出來，只是一個勁兒地盯著雙手。

努力做好自己可以做的事情吧。沒錯，現在可以做的，除此之外沒有別的了。

至少比一直找藉口給自己要來得好。

「……謝謝老師。」

「嗯，加油吧。」

彷彿表示「都講完了吧？」似地，老師的手背朝我輕輕地揮了揮，我也點點頭。

「那我就先離……啊！」

就在我一邊說著一邊準備站起來時，不小心將桌上堆在角落的錄影帶山弄倒了。

「啊，對、對不起！」

「喔，沒關係啦。我也差不多該來看了，只是都找不到時間。」

老師把錄影帶疊好，丟進寫有『馬上看』的箱子裡。

「這些是什麼？」

「有個叫做大阪電影節的獨立電影影展，這些都是參展作品，後天之前得看完二十部影片，送出評選名單和意見才行。」

雖然不知道看一部要花多少時間，但這份量無疑是非常多。

「好辛苦……」

「除了學校的工作之外，還有劇本獎的評審、電影節的準備，另外像寫小說和遊戲劇本製作都有，事情太多有時候都混亂了。」

老師輕笑說道：

「再加上同時還有自己的作品在進行，連自己都要摸不著頭緒了。」

雖然只能想像，但這應該是相當可怕的工作量吧。

「為什麼您要做這麼多工作呢？光靠這裡的教課，應該就完全可以活得下去才對……」

這是我內心單純的疑問。

雖然不是非常清楚大學副教授的年收入，但我不認為會養不活自己。

身為映像學科老師的同時又是電影導演，這倒是可以理解，但應該沒有多少人連小說、電玩都有插一手吧。怎麼想都覺得，這涉獵的領域實在太廣泛了。

「橋場，我呢……」

不過，我本來以為老師會回答類似喜歡工作，或是好奇心旺盛之類的答案。

「我是從十年後的世界穿越時空到這裡的。」

……咦？

這是怎麼……一回事啊？

我驚訝地瞪大眼睛。

當然不可能說得出話來。

如果這是某個故事的話，老師在這裡表明一切，我又再次會成為飄盪於時空當中的存在嗎？

還是會以此為基準點，然後又要被送回十年後呢？

各種幻想竄過我的腦海。

由於太過焦慮，甚至連呼吸都忘了。

「那、那個……」

即便如此我還是得說些話才行，正當我從喉嚨深處用力擠出話語的時候。

「喂喂喂，怎麼那副表情？這當然是騙你的啊。」

老師傻眼地看著我苦笑。

「啊……哈、哈哈，說、說得也是嘛。」

「我想說的是，要抱持著『那種決心』去行動啦。」

喔喔，原來如此。

仔細想想，我曾在社群網路上，看過像這種自我啟發類型的故事。

「十年後，我變成了一個明明自己也沒有拿出什麼東西，卻只會批評市面上的作品，沒有幹勁又欲振乏力的臭教授。有天忽然驚覺這一切而非常後悔，就在那時候，一股不可思議的力量帶我重回到十年前，那就是現在。」

老師又泡了第二杯咖啡，整個房間裡瀰漫著馥郁香氣。

「雖然是有點孩子氣的心理暗示，但效果意外地好。不過，你也可以笑我單純啦。」

老師的表情有點害羞，又像是有點難為情。

可是，我一點都沒有像要笑她的意思。

「……我能理解。」

「這樣啊，我還以為你這麼年輕，應該不能理解呢。」

老師露出意外的笑容。

不是，你錯了，老師。

這部名為人生的作品曾讓我搞砸過一次，卻因為無比的幸運，而獲得重新打造的機會。可是如果繼續這樣下去，重來的作品終將變成平凡之作。

……可是，我不會讓這樣的事情發生。

「歡迎隨時過來。」

我向如此告訴我的老師道謝後，雙手用力一握，就這麼緊握著拳頭站起身。

然後發誓，我不會再錯失這個機會。

◇

離開研究室後，我每往前踏出一步，彷彿都可以感覺到心臟鼓動的聲音。

胃絞痛著，心跳聲大作。

從十年前回來到這裡，我所獲得的是什麼。

不管再怎麼穿越時光，時間還是有限。

連這麼理所當然的事情，我都沒有意識到。

「現在就去做吧，馬上。」

如果今天又變成明天，那個明天或許永遠不會來臨。

因為只有下定決心的這個時間點，才有機會採取行動。

自然地，我在前往租屋處的道路上奔跑了起來。

「貫之！」

「哇！恭也你幹麼啦，嚇死我了！」

一回到租屋處，我馬上去敲貫之房間的門。

看到貫之出來，馬上低下頭鞠躬。

「我很抱歉調整你寫的劇本！」

貫之大概也是不知所措。

「幹、幹麼突然這樣……」

面對倉皇的貫之，我用力地將他的手一握。

「你現在有時間嗎？」

「有是有……你要、等、等等啦，喂！」

我抓著貫之的手來到客廳。

「咦？怎樣？發生什麼事了？」

「恭也同學，怎麼了嗎？」

奈奈子和志野亞貴大概是聽到我們的聲音，也都跑到客廳來。

「上次的會議，我想再重開一次。」

我毫不猶豫地看著所有人。

「我想好好跟大家談談，針對內容明確地討論。」

說話沒有任何遲疑，我清楚地如此表示。

在短暫沉默過後。

「現在又來說這些……要幹麼啊。」

貫之甩開我的手，轉過身去。

「照你的意思做就好了，都交給你決定了不是嗎？」

「不對！」

我再次繞到貫之面前。

「你是怎麼樣啦！」

「我錯了……一切都還沒有開始。」

儘管對貫之恐怖的表情心生畏懼，我依然直直地回望他。

「因為我們連拍攝都還沒有開始啊，不管要怎麼修正都可以，也可以互相討論。但是我卻……」

我自己大概也是因為覺得麻煩或是棘手吧。

可是，要是就這樣逃避的話，我可沒有臉說自己在做一個作品。

「抱歉，貫之說得沒錯。」

我老實地低頭道歉。

「既然要做就好好做，能不能獲得好評，這種事就再說。」

然後我抬起頭。

「所以，最後再讓我們好好地談談，直到能夠理解為止……！」

貫之的表情轉為驚訝。

奈奈子也露出沒輒的笑容，志野亞貴則毫不掩飾興奮。

「……真拿你沒辦法，好啊，那我就奉陪吧。」

雖然臉露出些許遲疑的神色，不過貫之仍是微微一笑，拍了拍我的肩膀。

「呼——那今天的打工就找人來幫我代班好了……」

奈奈子在桌前坐了下來。

「恭也同學。」

「嗯……？」

「很讚喔，你這方式！」

志野亞貴笑著對我豎起大拇指，左眼用力眨了一下，同樣坐了下來。

「謝謝，那就……開始囉！」

我把先前拿到的劇本和分鏡圖，往桌上一放。

窗戶外頭，代表季節轉換的強勁風勢吹撫著。

雖然不太常去賞花，但是等注意到時才發現櫻花季節已經過去，整片盡是青翠綠葉。再過不久，就要真正迎接夏天的來臨。

第五章　明白什麼叫做整合

七月的第二週。
終於順利來到正式進行拍攝的這天。
「比勘景的時候還熱耶……」
上古澤站，早上十點。
首先下車的是奈奈子，感受到強烈的太陽光而發出哀號。
「候車室裡有電風扇真是太好了，沒有拍攝時可以待在那邊涼快一點。」
為了找架設攝影機腳架的位置，我已經確認過場地。
「恭也同學、恭也同學。」
最後下車來到月台的是志野亞貴，她朝我招招手。
「怎麼了?志野亞貴。」
「貫之有聯絡你咩?」
「嗯，他已經搭上高野線，大概下下一班車就到了吧?」
「原來如此——好期待拍攝捏。」
志野亞貴像是要玩玩具般，一副衷心等待著拍攝開始的模樣。

「……好了，我們趕快繼續。」

大夥兒再次回到貼膠帶的工作，標記好攝影機要架設的位置。

——為了今天，能做的都已經做了。

舉例來說，因為刪去少女時期的畫面，於是找了要拍攝孩童時期畫面的演員取代。

這是因為奈奈子的親戚裡有兒童劇團相關人士，拜託對方協助安排的。

由於孩童時期的內容增加，貫之也因而能接受畫面被刪減。

透過美研的前輩，向工藝學科學姊借來奈奈子的服裝，就畫面的呈現而言，一直到最後的部分都有好好修改調整。

這些努力有了回報，貫之似乎也完全找回了幹勁。

「對了，有跟貫之說過器材的事情了嗎？」

「嗯，有跟他說我們會貼好標記喔。」

借器材的事情是交給貫之負責的。

因為志野亞貴應該無法負荷攝影機的重量，所以來回的搬運就都交給貫之。

「映像研究室早上十點才開門，看來得分頭進行才可以啊……」

不管怎麼說，要是所有人一起去研究室借器材，就會花掉太多時間，因此便拆成借器材組與現場調整組，分頭進行。

「這規定還真是嚴格耶。」

「就是說啊……但如果是高年級的學生，好像要借幾天都可以的樣子。」

一年級的學生，是不能將器材借到隔天的。

所以像今天這樣得一大早借傍晚還的話，訂立好拍攝流程是必要的。

就在我們發牢騷的時候，貫之預定搭的那台電車到站了。

如果是在車站拍攝，一下車就是拍攝地，唯獨這點相當方便令人感激。

「來了來了！喂～」

扛著器材的貫之，從電車中走出來。

「噢，來晚了不好意思。這機器意外地輕耶。」

「是嗎？對我來說有夠重的——」

「對志野亞貴而言當然是很重。」

貫之將攝影包交給志野亞貴，腳架則是交給我。

「謝了，貫之。」

「小事一樁。話說回來，終於要開拍了。」

「……嗯。」

「讓我們拍出好作品吧，畢竟都已經好好地談過了嘛。」

貫之用力地拍了下我的肩膀。

臉上表情如撥雲見日般的爽朗。

如果是內心還帶疙瘩，想必應該沒有這麼愉快的拍攝氣氛。

「好了，那麼我們現在就從畫面1開始……」

我一開口，隨即發現志野亞貴沒有反應。

「咦？志野亞貴，怎麼了？」

打開攝影包的志野亞貴，就這樣維持著姿勢定住，彷彿被按下了停止鍵一樣。

「志野亞貴，怎麼了嗎？」

我繞到前面，看到志野亞貴的表情。

然後，嚇了一跳。

志野亞貴一臉困惑地說：

「這台……並不是影像攝影機。」

「什麼？」

她說這話是什麼意思？我趕緊確認攝影包中的器材。

「……」

裡面放著一個令人不敢置信的東西。

「真、真的……這是照相機。」

「噎？……這話是什麼意思？」
奈奈子也不安地拉高了音調。
「借來的好像是照相機，而不是拍攝影像的攝影機。可能是……借錯了。」
我盡量冷靜地傳達目前的情況。
所有人的目光，集中到借器材的貫之身上。
「不是啊，我借的確實是你們要我借的器材……」
貫之從口袋拿出器材租借單的影本。
他看了上面的內容之後，臉色頓時發白。
「不會吧……這個……」
租借單從手中滑落。
單子上，在「左上」攝影機處的確有個○。
但是。
「……不是攝影機，而是拿到數位單眼相機那格。」
單純的失誤。
攝影機也好，照相機也好，都是放在乍看之下沒有分別的銀色硬殼裡，老實說，外行人應該無法分辨。
如果是有在上課的志野亞貴，當然就可以看得出來，但不巧這次負責去拿的人，是對攝影器材有如外行人的貫之。

然後就不小心中招了。

「呃……這樣的話是怎麼樣？」

奈奈子困惑地問著。

「沒有可以拍影片的攝影器材，簡單來說就是沒辦法拍。」

「不能換嗎？如果現在回去說明情況的話。」

「學科出借東西的時間是早上和下午，中間有休息時間。現在回去的話就下午了，然後再重新借出來……就傍晚了。」

離大學最近的站是喜志站，從那裡到這個上古澤要一小時半。從電車來回和學科休息時間，以及車站到大學的距離來看，至少需要五個小時的時間。

就算現在開始動作，最快也要到下午四點左右才能開拍。

「如果沒辦法拍到白天的場景……就沒辦法做出必要的畫面呢。」

志野亞貴的聲音也有氣無力。

「應該……不太可能。」

聽見我說的話，貫之沮喪地膝蓋一彎。

「各位……抱歉，是我的錯。竟然會犯這種低級的錯誤……真不應該。」

一看就知道，貫之的臉色相當蒼白。

「計畫不能調整咩……？」

志野亞貴小聲地問道。

「……車站就只有今天可以拍攝。如果沒在今天拍的話……就沒辦法做以車站為故事場景的內容了。」

向河瀨川詢問了做法，好不容易才取得拍攝許可的時間，就只有今天這麼一天。畢竟大眾運輸工具的使用者多，要發出這種許可是很困難的。

而且就表定計畫來看，下禮拜就得開始進入編輯影片的流程了。可以用來拍攝影片的時間，最多就是今天了。

「……我會重新寫劇本的，一回去就馬上寫。」

貫之用悲痛的聲音說著。

「志野亞貴，真的很抱歉，妳好不容易才畫好分鏡圖的。」

「不會，沒關係。馬上又可以再畫的，別在意。」

「還有奈奈子也是，都已經準備好要上場了，真的很不好意思。」

「……呃，不要這麼說，我還好啦。」

每個人都用低落的聲音回應著。

老實講，就是會有這種事。事情發展到無可轉圜，開始歸咎責任，跟客戶道歉，然後再重新規劃。不過這種情況發生在學生時代，無論向誰道歉都無法挽回。我不知道該跟大家說什麼才好，一句話都講不出來。

嗶哩哩哩。

手機來電鈴聲響起。

「啊，抱歉，是我的……」

奈奈子拿出手機接聽。

「您好，我是小暮。是的，什麼？……啊，好的，那就請……多保重……」

她講完電話後看向我。

明顯就是一副慘澹的表情。

「對方打來說要演小朋友的女孩子，因為發燒不能過來了……」

「……這樣啊。」

像這種大概就叫禍不單行。

不過，幸好是發生在確定不能拍攝之後。

（就要在這裡結束……嗎？）

如果這是發生在十年後，首先至少可以拿智慧型手機攝影，數位單眼也甚至都有拍攝影片功能的標準配備。

可是這個時代，傳統功能手機最多就只有聊勝於無的影像功能，數位單眼也理所當然地只專門用來拍照而已。

萬事休矣這句話在我腦海裡掠過。

不管是貫之、奈奈子或是志野亞貴。

三人都一副沉痛的表情。

「也沒辦法啊，這種情況的話……」

「是啊，嗯……」

沒辦法，因為沒有攝影器材，也沒有演員。

也沒有時間，現在做什麼改變都沒用。

告知原因並道歉的話，應該可以被原諒吧。

沒有攝影機的話，不要拍就好了。

沒有演員的話，不要演就好了。

沒有原畫的話，不要畫就好了。

作者不在的話，不要寫就好了。

沒有預算，隨便做一做就好了。

沒辦法，因為這也是沒辦法的事。

因為的確無奈什麼都做不了。

「…………」

心臟又再次撲通撲通地發出劇烈聲響。

——沒辦法的事？

我總是一直說著這句話，然後又後悔，就這樣過了十年的人生不是嗎？

就算獲得重新再來的機會，我還是要在這裡犯同樣的錯誤嗎？

只會找藉口，卻什麼都不努力，就這樣拖著？

都被送回到十年前了，我還要繼續這樣嗎？

「這才不是……」

什麼沒辦法的事咧……！

「一定有什麼方法可以解決的——!!」

我握緊拳頭，用盡全力大聲吼出。

我發出大家從未聽過的巨大聲量。

如此吼叫著。

「……咦？」

「怎、怎樣？」

「怎麼了咩？恭也同學。」

「我們不可以放棄，放棄的話，就什麼都做不成了。」

「可是……這種狀況下，你也不能做什麼吧？」

貫之以絕望的語氣反駁我的話。

「很抱歉，在這麼重要的地方出錯……由我來講這種話是有點那個，但像這這樣的情況只能重新規劃，不然能怎麼樣呢？所以放棄這次的拍攝，趕快思考下一個拍攝方案才是比較好的……」

「不，我們可以的。」

「我就說了！現在這樣是要怎麼拍啊！」

貫之帶著哭聲朝我吼回來。

「我們可是讀映像學科的喔!?沒有拍到影片的話，就沒有辦法剪接編輯啊？現在手邊沒有任何器材還想補救，你理智還清醒嗎！這根本已經不行了嘛！」

「可以的!!!」

我用比剛剛更大的音量，激動地吼叫著。

「恭也……」

大概被我嚇到了，貫之往後退了幾步。

「我們可以的，相信我。只要貫之、奈奈子和志野亞貴願意一起努力的話，我絕對會讓這些死灰復燃的。」

過去勉強做出成人遊戲宣傳影片的往事，重新浮現腦海。

視訊特效軟體 After Effects、剪接軟體 Premiere 以及修圖軟體 Photoshop。

就算是十年前，這些東西還是有的。

聲音只要之後再錄就好了，畫面的話……

腦中開始拼湊。

要構成這個故事，最少需要多少個畫面？

從志野亞貴的分鏡圖，找出可說明故事情節的必要畫面並串聯起來。

……應該有辦法解決才對。

我看著大家堅定地宣布：

「我們就用這個機器……來拍攝吧。」

「「「咦欸欸欸!?」」」

所有人異口同聲地發出驚呼。

無視大家的反應，我打開借錯的相機收納盒。

找到型號之後，拿起手機撥號。

響了幾聲之後——

「你好啊，我是桐生——」

電話那端傳來毫無緊張感的聲音。

「……桐生學長，你是在喝酒嗎？」

「喔喔！這不是阿橋嗎！有空的話，你現在要不要過來啊？我打工那裡啊，給了我很多中元節的啤酒，現在在我公寓這邊開喝了咧。」

「桐生學長，事態緊急。」

「欸？」

「你上次不是有提過？我現在就想要拜託你那件事。」

我用力吸了一大口氣。

「——請告訴我照相機的使用方式。」

電話的另一頭，陷入數秒鐘的短暫沉默。之後，聽見一道非常冷靜的聲音說：

「抱歉，我去外面講一下」，然後又聽到啪答啪答的腳步聲，還有穿鞋子的聲音。

「……現在嗎？用電話講？」

我聽見嚴肅到不像本人的聲音傳來。

「是的，我來說明情況。」

我簡單明瞭地說明了現場的狀況。

以前也曾經寫過電子郵件，指示攝影師要拍什麼樣的素材。現場是在戶外，天氣是大晴天，拍攝角度是從對面月台拍向這邊月台。拍攝對象是人物，但畫面要連風景一起進去……等等。

說完狀況之後，我把照相機的型號和鏡頭類型也一併告知。

桐生學長也跟我確認了幾個細節，總算將狀況說明完畢。

「曝光和焦距之類的會處理嗎？」

「可以，我這裡掌鏡的人有攝影相關知識。」

「那要注意的……首先應該是拍攝的量吧。」

「拍攝的量？」

「就是張數。用照相機的話，總之就是要盡量拍。不能說決定好一個畫面，就拍那麼一張，這樣是不行的。如果想拍到很有情境的畫面，那就要拍個一百張。」

「一百張啊……？」

「就算是專業攝影師也一樣，這麼多張裡頭，只有五、六張是可以拿得出來的喔。」

我將建議寫在手邊的筆記上。

「如果是大晴天的車站，向陽處和陰影處的亮度會差很多，處理曝光會比較棘手。由於數位單眼的亮度差異比相機底片微弱許多，所以看是要取調整過曝光的畫面，還是看全部都用ＲＡＷ格式來拍。」

跟在社辦時懶洋洋看動畫的社長比起來，簡直是判若兩人。

「很好，這樣就大致解說完了，那我就回去繼續喝酒……可以嗎？」

「非常感謝！學長請盡量喝吧……」

「那你加油啦。」聽我道過謝後，桐生學長便恢復往常的語氣，乾脆地結束通話。

「好，換下一個……！」

我繼續撥出通訊簿裡的另一個號碼。

「噢，是橋場啊！竟然打電話給我，還真難得耶。」

「火川，你現在方便講話嗎？」

「可以啊，今天就一樣也是要教空手道而已，怎麼了嗎？」

……太好了，正是我要的。

「不好意思，之前的人情可以現在馬上跟你討嗎？……上次提到有需要的話，那不曉得現在能不能拜託你？」

「當然沒問題啊！什麼都可以，快說吧！」

重點式地向火川說明之後，他就只告訴我等等跟我聯絡。

「好，那就等一下再聯絡。」

「噢！」

接著還剩下一件事。我掛上電話，再次向大家詢問：

「有誰帶自己的數位相機過來嗎？」

三人當中，就見奈奈子舉手。

「我有……可是，畫質不太行喔？」

「沒關係，可以借我看一下嗎？」

從奈奈子手上接過數位相機，迅速從後面查看。

然後在功能轉盤上，發現到一個小小的影片功能選項。

「很好……至少有這個就可以拍了……！」

武器全都湊齊了。雖然只是身邊現有的東西，但總算可以戰鬥了。

雖然我沒有像他們那樣耀眼的才能。

但是，我擁有可以應對，並加以整合的能力。

——所以，我才會身為製作啊。

「好了，那就來拍囉！」

大家都不可置信地瞪大著眼睛。

但是，我已經抱持著勢不可擋的決心。

大家費盡心血做成的片段，就由我來組合成型。不，就讓他們看看我的能耐。

我就是為了這個，才從十年後的世界穿越回來的。

◇

拜託志野亞貴重新規劃每一幕，並按照順序開始拍照。

我自己則是站在相機旁，負責確認奈奈子的表情。

「奈奈子，妳這裡再多一些猶豫的感覺，可以嗎？」

「嗯、嗯，我試試看……」

實際透過相機的觀景窗看就會明白，奈奈子實在是令人驚訝的「演員」。

就連我要求的細部動作，她也都能一一吸收、呈現。

即便是靜態畫面，都帶有彷彿聽得到聲音般的情感。

「恭也！劇本的修正，我都改好了！」

貫之雙手高舉分鏡圖，朝我說著。

「好，那貫之可以先拜託你跑一趟嗎？」

「跑一趟？」

「對，這裡有寫地址，麻煩你去這個地方找火川，看他怎麼跟你說，可以嗎？」

「說什麼……？到底是什麼事情啊？」

「反正，你就期待吧。啊，快點，電車來了喔。」

「等等，你就不能先告訴我啊！」

貫之就這樣重新買了車票，搭上駛進月台的電車裡離開。

停下來等電車離開的志野亞貴，錯愕地看著貫之離去。

「恭也同學，貫之是要去哪裡咩？」

「祕密。好了，志野亞貴，要趕快拍下一幕了。」

「啊，對捏。」

志野亞貴再次看向觀景窗，捕捉奈奈子的表情。

安靜的拍攝活動，就這樣風平浪靜地持續下去。

◇

「恭也我問你……」

趁著拍攝空檔，奈奈子開口問著。

「什麼事？」

「就是啊……你之前就有想到這些嗎？怕到時候有突發狀況，就先想好這些安排之類的。」

「噎？怎麼可能啦，我當然不可能一開始就會想到這些。」

「……這、這樣啊……」

奈奈子看我的目光，彷彿在看某種不可思議的東西。

……我的處理方式有這麼糟糕啊。

雖然是抱著決心在做，但現在可能稍微失去了一點自信心。

◇

「……我回來囉。」

過了一會兒，貫之從電車上下來，還帶著一名小女孩。

大概是小學生的年紀吧，書包上還插著一支直笛，活潑地跳來跳去。

「就懲罰遊戲來說，這實在太殘忍了……哈哈哈。」

貫之這麼說著，並癱坐在椅子上。

「你這副模樣去帶這麼可愛的小朋友過來，根本就像誘拐犯一樣……」

「我的確也受到警察盤查沒錯。」

「……那你竟然還能順利回到這裡呢。」

「我打電話給火川，請他向小孩子的爸媽說明了。我真的怕得要死……」

「畢竟，貫之也有當小偷的前科咩～」

「喂，我只是沒問就吃掉妳的拉麵而已好嗎！」

我走向被毫不留情挖苦的貫之。

「謝謝，這樣我們就可以拍出幼童時期的畫面了。」

「噎？可是這小朋友不是演員，只是普通小學生喔？這樣可以嗎？」

「放心，這樣就可以了。」

「……可、可以嗎……」
貫之難以置信地喃喃說著。
接下來……就讓我想辦法展現本領了。

◇

七月已經過了中旬，大學校園也進入學生們三兩成群聚集，等著放暑假的時期。
至於映像學科，總會在這個時候舉辦以一年級生為對象的放映會。
放映會場就是位在大學門口附近的藝術資訊中心，所有二〇〇六年度入學的學生，幾乎都在這天齊聚一堂。
「呼～終於要上映了。」
「不曉得看起來會是怎樣，有點擔心……」
「對啊，到底會是怎樣的作品……」
每個人嘴裡說著的，聽起來都是不安的心情。
「因為趕在最後一刻才交出去，抱歉啊……」
事實上，繳交期限當天才剪接完成的。
而且因為不小心把完成的原檔ＤＶＤ交出去，導致最後沒能放給大家看。

「還好啦，都到這個地步了，我相信恭也會處理好的。」

「我也是。而且要不是有恭也的話，說不定我們根本交不出來……」

「嗯，我也是一樣捏～」

……光是能聽到大家這麼說，我就有努力的價值了。

「啊，老師來了。」

聽到這句話轉頭一看，正好看到加納老師從容不迫地走了進來。

教室中響起了鈴聲，嘈雜聲頓時平息下來。

「好了，大家注意我這邊！」

老師拍拍手，讓眾人的目光轉向教室前方。

「從今天開始，將舉辦綜合實習一的成果放映會。這個放映會呢……」

老師操作遙控器把螢幕降下，上頭投影出寫有「注意事項」的圖像。

「呃，就像剛才所說的，這個放映會也是映像學科實習課的課程內容之一……但是呢！」

學生們全都嚇了一跳。

因為大家都對新生說明會留下了陰影。

「既然開始成為製作影像的那一方，就得時時注意觀眾們的反應。換句話說，現在在這裡的每一個人，身為創作者的同時，也是一名嚴厲的觀眾。」

用力地吞了口口水。

「覺得有趣的話就哈哈大笑，無聊的話也可以就默默地欣賞，覺得精彩的話，要拍手也沒有關係。簡單來說，就是請你們給出最直接的反應。不要想說你們是朋友，或覺得對方很努力什麼的，拜託你們不要抱著這種無聊的心情！」

會場內揚起了笑聲。

但老實說，我覺得現在不是笑的時候。

（……如果放映之後，現場無聲無息怎麼辦？）

反而被噓的話，我還覺得比較好一點。

要是在一片沉默中換下一部作品播出的話，可能無法重新振作了。

……不，就這樣默默地繼續進行下去，或許還比較慶幸……

「還有，每部作品放映完之後，可能會有問題想問工作人員，大家先做好心理準備。」

就不能饒了我們嗎！

（只能祈禱不要接在出色的作品之後播映……）

司儀兼操作機器的助理小姐，拿著麥克風說：

「那麼接下來，將按照順序開始播放影片。」

會場頓時變得一片漆黑，螢幕開始發出光芒。

（原來是這樣子播放啊……）

如此一來，就算不想，注意力也會全集中到畫面上。

希望能好好度過這一關……我如此全心祈禱著。

影片開始播映了。

希望平均的水準是偏低下的，這樣才能逃過這一劫。

然而，彷彿在嘲笑我這沒出息的期待一樣。

（大家都做得很認真耶……！）

原本我還以為，會看到很多只比家庭影像好一點的作品。

但幾乎所有播出的作品，都具有禁得起從藝術角度欣賞的一定水準，讓我相當驚訝。

厲害的不只是作品本身，還有那三分鐘的長度限制也是，這樣的時間剛好讓影片不至於拖泥帶水。

這部分可以看出老師精準的判斷。

終於，輪到那位河瀨川英子所屬組別的作品播映。

「好厲害……這什麼啊……」

毫無疑問，「果然就是厲害」的一部作品。

跟我們這組不同，他們的作品是以都市的車站為主題。

在三分鐘的時間內，寂靜描繪出男性與女性從相遇到分手的故事。

完全沒有失焦或曝光問題等新手等級的錯誤，台詞容易理解，畫面的連貫性也相當出色。

就連不是很懂電影的我，都敢肯定這是絕對不同等級的成品。

片頭標題完整呈現，就連片尾也有演職人員名單。

片尾名單一播完，每個人都紛紛鼓掌，持續到下一組的作品開始之前。

（慘了，要是在這部之後播出……一切就完了。）

但是接著發生的事情，彷彿還要繼續對無力的身體窮追猛打。

「接下來播放的是，北山團隊的作品。」

（嗚噎噎噎!!不會吧!!）

偏偏就是如此。

在河瀨川他們那部，恐怕會被認為是最佳作品的影片之後……

竟然是要播出我們的作品。

「…………！」

仔細一看，其他三人也都一臉僵硬的表情。

「拜託……！」

我開始祈禱，只求不要給出太殘酷的批評。

影片開始播映。

一開始的畫面，是從車站長椅開始。

以構圖來說，採取正側面的角度，從對向月台拍來的形式。

一名女童獨自坐在該處，揹著小學生書包，拿著直笛。

電車從左到右，自畫面中駛過。

駛離後，長椅上的女童變成是穿著水手服的奈奈子。

畫面構圖始終維持固定角度，奈奈子從水手服變成高中制服，然後再變成穿著套裝的大人。

◇

那一天。

在發現器材借錯之後，我提出了一個最大方向的調整。

「幾乎每一幕都用靜態圖像來呈現。」

大家聽了都發出「咦？」的聲音。

「我或志野亞貴都不太會用照相機，所以照相機的位置決定好之後就不動了，改由演員來動作。」

我的想法是利用入鏡、出鏡，還有偶爾電車穿過的畫面來串聯每一幕。

如果太長的時間就不適合這樣的作法，但如果是三分鐘的話，大概可以勉強做出像樣的成品吧。

「穿過畫面的電車……要怎麼拍？用連拍的方式嗎？」

「這裡就要靠奈奈子數位相機的攝影模式了。」

「啊，你這麼一說，我才想起來有那種東西。」

那台相機的攝影功能，的確是只能說「那種東西」的程度而已。

而且，內建的記憶體最多只能拍十五秒左右的影片。

「所以，那一幕珍貴的動態影像就放在這裡。然後……」

我再次環顧眾人。

「首先是奈奈子。」

「唔、嗯。」

「表情的部分我們會連續拍很多張，然後從裡面挑，所以我希望妳一打板，就當作是在拍影片，持續表演兩到三秒鐘。」

「我知道了。」

「然後是貫之。」

「……嗯。」

「這次的台詞我會用配音的方式來做。」

「真的啊？」

「嗯，畫面都拍完之後，我會把需要台詞的畫面和秒數都給你，你再按照這些去調整原本的台詞。」

「可以啊，但這不是恭也你來做就好了嗎？」

「不行，這一定要是貫之你寫的台詞才行。所以……拜託了。」

我直視著貫之的眼睛。

「好，那我就寫寫看。」

貫之以理解的表情點頭答應。

「再來是……志野亞貴。」

「是！」

這次採用的手法當中，承受最大負擔的就是攝影這一塊。

「希望妳可以拍出撐得起靜態圖像，構圖獨一無二的照片。我知道這很困難……」

我腦海中浮現志野亞貴以鬼氣逼人的模樣，拿著筆畫圖的身影。

「只有志野亞貴妳做得到，拜託了。」

她在短暫思考了一會兒後。

「嗯，我試試看！得要回報恭也同學的期待才行咩！」

志野亞貴迅速掏出分鏡圖用紙，重新開始進行分鏡的作業。

「謝謝……」

小小的背影，看起來跟那天一樣可靠。

「欸，恭也。」

貫之有點不安的模樣叫著我。

「……這樣真的做得出來嗎？」

就是現在。

就是現在這個時候得好好表態才行。

「我會讓事情順利進行的，我答應你。」

貫之拍拍我的肩膀。

「……我知道了，那就拜託你了。」

我一個深呼吸後說：

「好，那接下來……我們要重新開始拍攝了！」

◇

接著，幾天後。

「……你一開始就打算來我家剪接嗎？」

我到桐生學長家打擾，獨占 Mac 進行剪接工作。

「不好意思，雖然可以借學科的剪接室做，但非線性剪輯的剪接室，已經都被高年級學長姊預約光了。」

所謂的非線性剪輯，就是線性剪輯的相對詞，簡單來說的話就是用電腦進行的剪接方式。映像學科也有以前傳統的影帶剪接室，雖然那邊空著沒人用，可是照我這次的拍攝方式，要用那種方式處理會很麻煩。

然後我就詢問了美研的學長姊，得知桐生學長有 Mac 和 Adobe 多媒體應用軟體，總之就是他有專業級的影像剪接軟體，所以我才會來拜託他。

「無所謂，你可以儘管用沒關係。反正我也因為這樣得到這麼多啤酒～」

我帶來大量的啤酒送給桐生學長做為謝禮，畢竟拍攝時候他也給了很多建議。

「非常感謝。那麼不好意思，可以幫我將這些RAW格式轉檔嗎？如果可以的話，順便也將檔案做分類。」

「……你使喚人還使喚得真徹底啊。」

雖然嘴上這麼說，卻依然用另一台桌上型電腦，俐落地幫我進行轉檔的工作。

「不過，你竟然會想到這麼高難度的作法。」

桐生學長半帶點錯愕地喃喃說道。

「幾乎每一幕都是用相機拍的，台詞也是配音後製，這要是沒弄好的話，可是會慘不忍睹的作品喔。」

「或許吧，但是……」

「但是怎麼樣？」

「在那種情況下什麼都沒拍就回去，對我來說並沒有這種選項。」

都已經確實地去勘了景，做好準備，一切都調整就緒了。

雖然因為最後的大失誤，讓情況與本來的假定有所出入，但如果有拍攝的可能，我就想賭賭看。

——所以，雖然說是在那當下想出來的，但不過就是選擇用照片的方式保存下來。

「為了不讓作品變得慘不忍睹，我死都會在這裡奮戰的。這樣一來，應該多少可以變成能看的東西才對……！」

「不、不要這樣，你要是死在這裡我會很傷腦筋的……」

為了那些有才華的人，要我做多少犧牲都無所謂。對他們來說，以大學生的身分製作第一部作品的機會，就只有這麼一次而已，我不想讓這機會白白浪費，我不想讓他們的心血白白浪費。

總指揮的角色、擦屁股的角色，或許是承受著各式各樣的批評。但就如同那個還未完成就上市的遊戲一樣，我不想讓作品胎死腹中。所以，我絕對不會放棄的。

「我想剪接聲音的部分，借一下耳機喔。」

「喔，好啊。」

阻隔了外界的聲音，我聽到奈奈子後來才錄製的台詞。貫之那照我指定的秒數調整的劇本，與奈奈子清楚的發音相輔相成，讓所要表達的訊息能直接傳達給觀眾。

「應該可以做出些什麼來吧……！」

一邊感受著效果，一邊將每句台詞剪下來一一分配好。

◇

最後，由前面的女童來演女兒，奈奈子扮演母親的角色，兩人一起坐在長椅上的畫面呈現，然後打出完結的字幕。

（總之，算是有模有樣了、吧……）

由於用數位單眼相機拍的影片，畫質比想像還粗糙，所以整部影片都做黑白色調以淡化這件事。幸好相機拍的照片畫質極佳，只要觀眾將注意力擺在這邊，應該就沒什麼大礙……我是打這樣的算盤。

只要看不出是當下的權宜之計就好了。

——然後，播放結束。

電燈打開，會場光亮了起來。

（啊啊，不行，我沒辦法承受大家的目光……！）

下意識地閉上了眼睛。

能不能就乾脆地帶過，開始下一個作品的播放呢？

我祈求的同時，仍一直閉著眼睛。

……但是。

啪啪啪啪……拍手的聲音開始傳入耳裡。

「……咦？」

接著越來越大聲。

「怎麼……可能？」

情況令人難以置信。

在會場看到的所有學生，正熱烈地拍著手。

「不會……吧？」

「太出色了，你們做得很好，做得很好。」

仔細一看，就連那位加納老師都在用力地鼓掌。

「因為我從來就沒有說過只能用攝影機拍攝。橋場，所以你才會做這樣的安排嗎？」

「咦？啊、啊啊，是的！」

在那瞬間，我下意識地說了謊話。

雖然這話不該由自己講，不過再重新看過之後，的確成果似乎也沒那麼差。可是，幾乎都不是影片的形式。如果以這堂課的宗旨來說，當然不可能期待有太正面的評價，然而……

「整部以黑白影片呈現，是代表著什麼涵意嗎？」

我怎麼可能說出真正的原因。

「呃、呃——這個的話……」

我一邊思考安排的用意，一邊想辦法掰出些東西。

在說話的同時，忽然與坐在前面轉過來看我的河瀨川四目相對。

我還以為自己又要被瞪了。

「……（呵！）」

卻沒想到對方竟露出了一個笑容，像是在說「還不錯嘛」一樣。

（啊……這樣就可以了吧……）

我感覺到肩上的重擔忽然消失了。

◇

「那麼，所有的作品都播映完畢，接著在此將要公布，由老師們評選出的三個最佳作品。」

在致詞過後，由老師宣布獲得前三名的優秀作品。

第一名的，是如大家所預料的河瀨川那一組的作品。

而我們北山團隊這組的作品，竟然拿到第三名。真可以說是排除萬難的奮戰啊。

但是我內心的心情，卻是相當地複雜。

如果那個時候所需的器材都通通在手，以萬全的狀態拍攝的話。

或許可以獲得更好、更高的評價才對。

放映會結束後，學生們開始紛紛起身離席。

我則因為疲憊感也一下子湧上的關係，暫時還坐在椅子上。

志野亞貴、奈奈子和貫之也是，三人也都依然坐著。

「各位，結束了呢。」

本來想看看大家有沒有什麼想法才開口的。

「……」

但是。

坐在旁邊的三人，全都陷入了沉默。

「你們怎麼了？啊……對作品有不滿也是理所當然的。」

我不解地問著。

「那個……」

大概是有不高興的地方吧？我忽然緊張起來，試圖再次跟大家說話的瞬間。

「我超──不甘心的!!!」

「哇！」

貫之率先打破沉默。

「那是怎麼回事啊！真的令人嚇一跳耶！拍攝的時候，完全不知道你想做什麼，可是實際上做出來之後，不僅是完整的三分鐘，還有結局耶。你真的很厲害耶，太了不起了！」

「咦？啊，貫之……？」

「可是啊！我一開始寫好的那個劇本！現在想想，那個的確是超出時間太多了！但如果後來有好好聽你的意見去做修改的版本，絕對可以變成精采的作品，說不定……還比你做的這個更好！」

「嗯，我也是這麼想的。」

「為什麼我什麼都沒做，你還這麼想！你也太平常心了吧！」

在我右邊的貫之，將我的身體搖來晃去。

「咦、咦？為什麼？

「我也很不甘心!!!」

這次換成奈奈子了。

「這真的是太厲害了。在那種情況下，還可以急中生智，我只是照你說的做而已，卻變成這麼完整的內容，那個……不是一點而已，是非常感動。這還真的是……就是這樣！」

奈奈子繞到我的左邊繼續說：

「可是啊！我也可以發揮正常的演技，那樣的話會比較……就是……啊！算了，我還是說吧，那樣的話絕對會是精彩的表現！不能再說很糗什麼的了，我就是想要好好地再多演一點戲！」

「等、等等，好啦、我知道了啊！」

這次換成在左邊的奈奈子，把我的身體搖來晃去。

「恭也。」

接著。

「志野、亞貴……」

她的表情跟我平常認識的志野亞貴不同。

是一臉認真又相當開心的表情。

「恭也同學很奸詐捏。」

「咦？呃……為、為什麼？」

「你看嘛！平常一副和氣、溫柔的大哥哥模樣，卻在重要時刻，眼神突然發出銳利的光芒咩！害我在拍攝的時候，還有剛才影片播放的時候，都一直覺得心跳加速捏！」

志野亞貴的臉又湊得更近了。

「這下子呢，我就清楚知道恭也同學有多厲害了，我會好好學習相機和構圖的知識，一定要正面迎擊，讓恭也同學大吃一驚！」

「呃、那個，所以是……你說什麼？」

儘管充滿疑惑，但我內心充滿了喜悅。

沒錯，那個作品絕對無法令人滿意。

大家確實努力過，但裡面就只有一小部分的努力而已。

大家還可以做得更好的，正因為明白這一點，才會像現在這樣即使作品被稱讚了，還是顯露出懊悔不甘的心情。

「你們怎麼啦？還是說已經決定好下次的目標了嗎？」

說巧不巧，加納老師就在這時候出現並如此問道。

而不曉得是本來就打算那樣回答，還是只是單純想找個人來講而已。

原因終究是不太清楚，但反正就事實來說——

我想差不多是同時。

還在思考那三個人是不是一起指向我的時候。

「這傢伙！」

「恭也！」

「恭也同學！」

「「「我不想輸給他！」」」

他們就這樣放話了。

「哦——這樣啊，那這樣或許正合我意呢，嗯。」

老師小聲笑著。

「暑假結束後，還有課程需要你們去拍其他作品，可以到時候再扳回一城。」

老師說完後，便離開了教室。

「喂，馬上來開檢討會！我借錯器材的失誤，反正就先不用提！」

「那一定是第一個檢討的，那還用說！如果沒有發生那個失誤，我們就可以順利地進行拍攝了！」

「下一次要製作的時候，不管是時間或什麼的，通通都要先計算好才能畫分鏡圖捏！」

「好！劇本當然也是如此！」

正當我對大家的魄力感到錯愕不已時。

「欸，恭也！一定會讓你瞧瞧我們的厲害，讓你嚇一跳！」

「我也會！」

「還有我！」

「很好，現在我們先去二食吧！到那邊開會！」

「ＯＫ!!」

像是被大家拖著走出來的我，以半信半疑的心情，看著眼前發生的事情。

「應該多少……受到一點認同了吧……？」

如果這是事實的話。

曾經那麼崇拜，想要再更靠近他們一點的白金世代。

如果多少能給他們帶來一點壓力的話。

（或許自己的重製人生也比較上軌道了。）

一邊被抱持著無限敬意的他們拖著走，我一邊思考著這些事情。

尾聲一　河瀨川英子的怒氣

綜合實習一上學期的期課程，就在前陣子舉辦完放映會後後宣告結束，下禮拜針對下學期課程做完說明之後，就預計開始放暑假。簡單來講，以上課來說的話，今天就是上學期課程的最後一天，並瀰漫著之後老師們也會一起暫時喘口氣的氣氛。

……但唯獨今年，有某一間研究室例外。

「……我沒有辦法接受！」

以一副要拍桌的氣勢頂撞加納美早紀的人，是今年春天才剛入學的一年級生・河瀨川英子。

「這樣啊，怎麼無法接受妳說說看？」

面對這樣的情況，加納美早紀也毫無規矩地把雙腳往桌上一放，呈現戰鬥姿態。

「關於今天的放映會總評，為什麼那傢伙的作品不是第一名？」

「妳說的那傢伙是誰？」

「不要裝傻！這還用說嗎……」

河瀨川心有不甘地停了一秒。

「就是橋場恭也的作品啊。」

「哦，也是啦，只有可能在說他而已。」

加納也是一臉能夠理解的表情。

「原因很簡單，就電影來說像是一顆過度的變化球，也不是這堂課要的作品。像這樣的作品雖然令人覺得有趣，卻無法得到高分。」

「可是，那也是獲得最多掌聲的作品啊。」

河瀨川反駁。

「而且，雖然不知道他們是怎麼想出來的，但我就無法做出那樣的回答。是這次所有的作品當中，唯一一個我無法理解的靈感。」

「會嗎？基本上就是因為器材借錯了，才偶然做出來的不是嗎？」

「妳說是因為這麼可笑的理由，才做出那麼精采的作品!?」

「嗯，應該是。」

加納乾脆地答道。

她拿起已經變溫的咖啡。

「對於製作影像沒有太多經驗的人，忽然決定不拍動畫影片，而是用相機拍的照片鋪陳再加上錄音後製？這恐怕是偶然或是意外狀況一再發生所導致的結果，使得他們落入不得不這麼做的窘境……我會這樣想是很理所當然的吧？」

河瀨川陷入沉默，老師這樣的見解的確很有說服力。

「那個作品並不是經過深切的思考才做出來的。所以，跟作品的呈現不同的是，橋場恭也本身並沒有獲得特別高的評價。」

老師講到這裡，姑且先打住。

喝了口咖啡後，又繼續說道：

「……不過，話是這麼講，還是看得出非比尋常的出色協調感和整合度，已經很久沒挖到這麼有趣的寶了。」

「……！妳果然還是很欣賞嘛！」

「不然我不會說出讚美的話的。如果不是好的作品，我是絕對不會講好話的，妳也很清楚吧？」

河瀨川又再次陷入沉默。

「可是，我還無法給那傢伙好評。如果不是因為偶然，而是在擁有素養的情況下，展現出像這次的潛力時……到時候不管是滿分或任何好評，我通通都會給。」

「這是就監製來說？還是就製作人員來說？」

「我不知道耶，如果這次的光芒是被逼急了所造就的結果，那或許可以說，那傢伙解決問題的能力非比尋常。但其實並沒有像他那麼厲害的『製作人員』，可以那樣明確地指揮劇本和導戲的。」

河瀨川身體頓時一個打顫，她聽懂加納這番話的意思了。

「因為不管是劇本、導戲，或是任何像是攝影、音響，如果不卯足全力工作的話，都是隨時可以被他人取代的。他們那一組的人應該也隱約察覺到了，像那樣在拍攝現場面對他的微笑看看，可是會一點都不敢隨便亂來的喔。」

加納帶著開心的表情，小聲地笑著。

「不過，現在那傢伙還沒理解到自己的能力，等他跟知識豐富的人合作過之後才能下評斷吧。到底是瞎貓碰上死老鼠，還是真的有實力……對吧。」

加納一口氣喝光剩下的咖啡。

「說得也是，這點我也贊成。希望可以再次見識到橋場恭也的能力。」

「很好，妳可以理解就好了。」

加納露出滿意的笑容。

「所以下學期上課時，就拜託妳跟橋場他們一組了。」

「咦……蛤、蛤啊？」

由於河瀨川太過驚愕，發出了往常不會出現的聲音。

「我說過了吧？希望他跟知識豐富的人合作，妳也贊同這樣的想法，最重要的是妳也對他很好奇，不是嗎？」

「那只是因為他把製作人員的角色做得很好，而且要說贊同的話，除了我之外，也還有其他人啊……」

「這樣很好不是嗎？感覺他下次還會展現其他的能力。如果一起製作影像作品的話，說不定還可以在他身上，發現更多不同的魅力。」

「唔、唔唔……」

「……還是說妳會怕他？怕橋場恭也。」

「我……！」

河瀨川用力瞪了加納一眼，最終彷彿壓抑不住似地說：

「姊姊真是大笨蛋！我不管妳了啦!!」

話一說完，河瀨川便帶著啪搭啪搭的劇烈腳步聲，離開了研究室。

只留下拿著空杯子，啞口無語的加納在那裡。

「唉，英子，無論如何呢……」

亂七八糟的桌子上，可以看得到唯獨一處有好好整理。

「身為姊姊的我，希望我們的姊妹關係不要曝光。」

莫名整齊的地方擺著一張照片，上面是看來融洽的姊妹倆，姊姊拿著一個上頭寫有大阪電影節大獎賽的獎盃。

——河瀨川美早紀（Misaki）。

就算在學科內，也沒有幾個人知道名字的部分是這樣寫著的。

尾聲二　志野亞貴的微笑

「哇！居然這麼晚了。」
看了手機的時間才意識到。
在二食吵吵鬧鬧過一遍之後，我和志野亞貴前往美研社辦露個臉，順便道謝。
然後就在那邊待上好一會兒，等意識到時天色已經昏暗，
「如果在社辦看動畫，時間會不知不覺就過去了捏。」
在身旁走著的志野亞貴，帶著一如以往的柔嫩笑容回應。
「嗯……對啊。」
可是，我已經無法正面看待那副笑容了。
因為我再次明白了，她身為創作者那赤裸裸的渴望。
本來應該會在那個時候遭受迎頭痛擊的。
就在那天晚上，在沒有人知道的情況下，在那專心埋頭畫畫的時候。
被這個嬌小而可愛的怪物擊垮。
「恭也同學。」
志野亞貴忽然叫了我的名字。

「你已經知道……我有在畫畫的事情了唄？」

我感覺自己瞬間有點頭暈目眩。

「你發現了喔？」

難道志野亞貴因為這件事在怪我嗎？

「本來是打算當作祕密的咩，就只有那時候不知道為何忘記鎖房間門了。」

口氣還是一派悠哉……雖然人對於來歷不明的事物，會本能地感覺恐懼，但老實說，從那個夜晚之後，我已經無法把志野亞貴看作是單純的可愛女孩子了。

「抱歉，擅自偷看到了。」

雖然不知道是不是道歉就可以解決，但我還是坦率地道歉了。

我還不太清楚對她而言，畫畫這件事代表什麼意義。可是，起碼知道不是那麼簡單就能跟別人說出口的事情。

「你可以聽我說一下嗎？」

「……嗯，當然可以。」

「之前過貫之同學就有說過，我連普通的生活雜事，幾乎都不太會處理。」

志野亞貴訴說著過去的人生經歷。

似乎是什麼都做不好。日常生活當中老是少根筋，學校成績也不好，運動成績也很難看。

可是她唯一喜歡的事情，可以說就是畫畫。

「但是，完全不是什麼像樣的東西捏。只是因為喜歡才畫，所以也都沒有長進。」

口吻聽來若無其事，但志野亞貴的話語卻是很沉重。

「雖然也有得過一些獎，但也不可能靠那樣維生……我想說學習攝影、學會怎麼用攝影器材的話，應該可以做一些電視台的工作吧，所以才來藝大念書。」

「難怪妳沒有去念美術或設計啊。」

「老實說……我沒有勇氣去美術學科。」

志野亞貴苦笑著。

「我只是畫興趣的，沒有人會欣賞，我也沒有自信，所以才一直偷偷畫咩。」

沉默迴盪在兩人之間。路邊的一個池塘，傳來花嘴鴨啪沙地踢水的聲音。

我應該回什麼話才好呢？

「我一直在想，未來是不是也可以像恭也同學一樣有發光的一天。可是，那種機會始終沒有出現。」

「不，我……」

想開口說些什麼，卻又為之語塞。

在這時候說自己只是僥倖毫無幫助，也安慰不了她。

志野亞貴略顯悲傷地笑著低語：

「我有點在想說，是不是乾脆放棄畫畫還比較輕鬆。」

不曉得這話究竟說完了還是沒說完，不，或許講到一半就已經打斷了也說不定。

我加快腳步繞到她面前。

雙手用力地抓住她的肩膀說：

「不、不行，絕對不行喔！不可以放棄畫畫啦！」

「恭也……同學？」

志野亞貴錯愕地講不出話來。

看到她的反應，我才意識到自己大吼大叫。

「我……」

是因為妳才挺過來的。

妳在未來所創造的無數畫作拯救了我。那些畫作所指引的世界一切都拯救了我。

「志野亞貴……那個……」

我差點就要說出口了。

十年後，她會成為多麼偉大的畫家。

對我而言，是多麼重要的存在。

我差點就要把這些說出來了。

「對我來說……那個……」

可是，我當然不能說。

說了之後，非但不會有什麼效果，對方也一定不會相信……所以……

我只說現在最應該要說的話。

「我……很喜歡志野亞貴的畫。」

因為這才是我想跟她的話。

打從心底，衷心想傳達給她的話。

好不容易才能給孤軍奮戰的她這麼一句話。

「……拍攝的時候，恭也同學是這麼告訴我的。」

志野亞貴如此說著，代替她的回答。

「你說『只有我做得到，拜託了』。」

「嗯，我有說過。」

那時候也是衷心地這麼想的。

當下只能用一個畫面來敘述一切，能回應如此無理要求的，就只有擁有繪畫能力的她而已。

「生平第一次有人這麼告訴我捏，我好開心。然後，我的心臟真的跳得很厲害。這人怎麼會有這種想法，於是想多了解一點。」

志野亞貴露出了笑容。她帶著笑容，以閃閃發亮的眼睛凝視著我。

「我會以恭也同學為目標努力的。」

她把頭又抬得更高，仰望著滿天星斗的夜空。

「不管是攝影器材也好、構圖也好，還有畫畫也好，我會盡量學習，畫出恭也同學想看的世界，我想成為有那種能力的人。」

「志野亞貴……」

真正厲害的人是不會滿足於現狀，總是不斷地往前進。

「恭也同學，你想做什麼？」

「做什麼……是指？」

「想做的東西，或是有沒有目標什麼的。」

志野亞貴的這麼一句話，讓十年後的記憶又再次復甦腦海。

我想做電玩遊戲。就像那天失去所有逃回老家的半路上，看到得勝者軟體公司做出新作品那樣。嚮往工作人員每個人都有遠大的目標，可以互相切磋琢磨的那種情況。當時這對我來說如同幻想故事，但現在稍微浮出了一點可能性。

「嗯，有啊。」

「你可以告訴我是什麼嗎？」

「……現在還不能告訴妳。」

「那還真是可惜捏～不過我會努力，希望可以成為你的夥伴。」

志野亞貴小聲竊笑著，一副開心的模樣聽我說著。

（……我會好好努力，讓十年後的妳可以對我說這種話。）

要產出一個作品，或身為創作者，其實是很痛苦的。

但是卻又非常地刺激，挑戰無止盡……

堪稱最有趣的事情了。

「好了，我們趕快回去吧。奈奈子和貫之傳簡訊來說還沒吃飯。」

「什麼？那可糟糕囉，得趕快回去煮飯才行捏～」

迎著濕度偏高的晚風，兩人一同趕著回家。

這個晚上志野亞貴的笑容，我絕對不會忘記。

不知不覺間，梅雨季節也結束了。對我而言，雖然是第二次上大學，但與大家一起度過的大學生活，將迎向第一次的夏天。

後記

我是在距今◎年前，進入到某藝大的映像學科就讀。

離開九州鄉下，對映像沒有絲毫認識的小夥子，一點都不意外地，對於身邊的人都充滿幹勁的模樣感到驚恐。然後，寶貴的四年時光就花在打工和無聊的遊戲上，結果就是一事無成地去到東京，接受慘痛的教訓。

那麼廢的我，如果再重新回去當藝大生會怎樣？還有，如果不是住在毫無吸引力可言，有如男性廟會的學生宿舍，而是住在夢幻的男女混居共享住宅，又會是怎麼樣的生活？這本書的內容，就是描寫那樣的大學生活。

那麼，因為這部作品有很多人需要感謝，接著就讓我借用大量的版面。

首先是繪製插畫的 Eretto 老師！平常都是跟以設計師身分的木緒なち一起工作，但這回則是身兼設計師和作者。平常總是羨慕地咬著手指頭欣賞的無數角色，如今能夠活靈活現地出現在自己的作品中，對於這樣的現實，我好幾次都感動到不行。奈奈子很性感，貫之很帥氣，還有我想恭也應該會很受大姊姊們歡迎。

謝謝在特別設置的網站專欄中，大力協助的各位老師，各位對我來說都是猶如耀眼繁星般的存在，真沒想到能找來各位……直到現在我還是不敢相信。只不過，唯獨有某位不起眼的老師，真的不能對他太輕忽，我已經做好心理準備了，可能哪天會被他拿去當素材。令人敬畏的丸戸史明（省略敬稱）！

這部作品在設定方面也得到許多人的幫忙，攝影相關部分接受我許多提問的R老師，還有火車方面給予我許多建議的V老師，以及跟我一起討論很多事情的K桑，我要再次向各位致謝。

此外，對於已經離開輕小說，過著放逐生活的我，依然努力不懈喊話的MF文庫J編輯部的T編輯，我終於做到以前答應的事情了，接下來也請多多指教。還有負責裝訂設計的木緒なち，接工作時再多考慮一下檔期吧，今年一定要這麼做。

最後，我要向購買這本書，並且拿起來閱讀的各位讀者，致上深深、深深的謝意。對我來說，這是第一本青春故事類型的輕小說。希望你們看得開心，那我也會很高興的。

那麼各位，期待下次再見面囉。保重。

木緒なち　敬上

【我在nico生社區的頻道是『グッドデザデザ@ニコ生』，裡頭有放一些與作品相關的影片，有興趣的話，歡迎訂閱！】

あとがき
このたびは、
『ぼくたちのリメイク
～十年前に戻ってクリエイターになろう！～』を
手に取っていただき
ありがとうございます！
很感謝各位拿起《我們的重製人生～回到
十年前成為創作者吧！～》來閱
2017.3
えれっと
ヨロシク！
作中のみんなの今後の成長を
自分も楽しみにしてます！

就連我自己也很期待書中的各個登場人物的成長喔！ 請多指教！

浮文字

我們的重製人生(01)

(原名：ぼくたちのリメイク)

作者／木緒なち　封面插畫／えれっと　譯者／許芳瑋
榮譽發行人／黃鎮隆　總經理／陳君平
協理／洪琇菁　國際版權／黃令歡、梁名儀
執行編輯／呂尚燁　美術主編／陳聖義
企劃宣傳／楊玉如、洪國瑋
出版／城邦文化事業股份有限公司　尖端出版
台北市中山區民生東路二段一四一號十樓
電話：(〇二)二五〇〇－七六〇〇　傳真：(〇二)二五〇〇－二六八三
E-mail：7novels@mail2.spp.com.tw
發行／英屬蓋曼群島商家庭傳媒股份有限公司城邦分公司　尖端出版
台北市中山區民生東路二段一四一號十樓
電話：(〇二)二五〇〇－七六〇〇(代表號)
傳真：(〇二)二五〇〇－一九七九
中彰投以北經銷(含宜花東)／楨彥有限公司
電話：(〇二)八九一九－三三六九
傳真：(〇二)八九一四－五五二四
雲嘉經銷／智豐圖書股份有限公司　嘉義公司
電話：(〇五)二三三－三八五二
傳真：(〇五)二三三－三八六三
南部經銷／智豐圖書股份有限公司　高雄公司
電話：(〇七)三七三－〇〇七九
傳真：(〇七)三七三－〇〇八七
一代匯集／香港九龍旺角塘尾道六十四號龍駒企業大廈十樓B&D室
電話：(八五二)二七八三－八一〇二
傳真：(八五二)二七八二－一五二九
馬新經銷／城邦(馬新)出版集團　Cite(M)Sdn.Bhd.
E-mail：Cite@cite.com.my
法律顧問／王子文律師　元禾法律事務所
台北市羅斯福路三段三十七號十五樓
二〇一八年十月一版一刷
二〇二一年十月一版三刷

■中文版■

郵購注意事項：
1. 填妥劃撥單資料：帳號：50003021戶名：英屬蓋曼群島商家庭傳媒(股)公司城邦分公司。2. 通信欄內註明訂購書名與冊數。3. 劃撥金額低於500元，請加附掛號郵資50元。如劃撥日起 10～14日，仍未收到書時，請洽劃撥組。劃撥專線TEL：(03) 312-4212 ・ FAX：(03) 322-4621。E-mail：marketing@spp.com.tw

國家圖書館出版品預行編目資料

我們的重製人生 / 木緒なち 著 ; 許芳瑋 譯.
--1版. --臺北市：尖端出版, 2018.10 面 ; 公分. --(浮文字)
譯自:ほくたちのリメイク
ISBN 978-957-10-8305-6(平裝)

861.57　　107011933